Das bin ich an einem
absolut tollen Tag.

Robin hat beim Film gearbeitet und kann sogar telefonieren.
Milli denkt nur ans Fressen.

PENNY
im Einsatz für Tiere

Band 2

Sturmwind
darf nicht sterben

Mit Illustrationen von
Bernhard Förth

Ravensburger Buchverlag

Die Deutsche Bibliothek – CIP-Einheitsaufnahme

Ein Titeldatensatz für diese Publikation
ist bei Der Deutschen Bibliothek erhältlich

Die Schreibweise entspricht den Regeln
der neuen Rechtschreibung.

Erstmals erschienen 1994 bei
hpt-Verlagsgesellschaft m. b. H. & Co. KG, Wien

5 4 3 2 1 06 05 04 03 02

Umschlagillustration: Bernhard Förth
Umschlaggestaltung: Roger Morgenroth-Ehrhardt

Printed in Austria

ISBN 3-473-47362-6

www.ravensburger.de
www.thomasbrezina.com

Inhalt

Wo ist Dr. Moosburger?

Die Morgenröte färbte den Dunst über den Hügeln orangerot. Auf einer Koppel stand ein prächtiger brauner Hannoveranerhengst und döste vor sich hin.

Als die Sonne wie ein roter, glühender Ball hinter der Hügelkette hervorkam, erwachte das Pferd. Der Name Sturmwind passte gut zu seinem Temperament. Allerdings nicht an diesem Morgen. Da war Sturmwind ganz und gar nicht stürmisch. Er rupfte genüsslich von den Kräutern, die auf der saftigen Wiese wuchsen, und genoss die Stille, die um ihn herum herrschte. Alles schien noch tief und fest zu schlafen.

Von weit her vernahm Penny das Schrillen des Telefons. Es hörte sich an wie ein lauter, verzweifelter Schrei. Die Vierzehnjährige war in diesem Moment besonders froh darüber, dass sie drei kleine Kissen zum Schlafen brauchte. Jetzt legte sie den Kopf auf nur eines, und die beiden anderen presste sie an die Ohren. Sie weigerte sich, aufzustehen und ans Telefon zu gehen. Das war wirklich nicht ihre Aufgabe.

Bestimmt verlangte wieder einmal jemand nach ihrem Vater, dem Tierarzt Dr. Moosburger. Kälber und Fohlen warteten leider nicht den geeigneten Zeitpunkt ab, wenn sie auf die Welt kommen wollten.

Krrring! Das Telefon schrillte unerbittlich weiter.

„Mama, bitte heb doch endlich ab!“, knurrte Penny, denn das Klingeln drang auch noch durch die Kissen.

Aber Pennys Mutter war tausende Kilometer weit entfernt. Vor mehr als zwei Monaten hatte sie ein verlockendes Angebot angenommen. Sie war Verhaltensforscherin und arbeitete in einem Schutzgebiet für Gorillas. Die vom Aussterben bedrohten Menschenaffen sollten einen Lebensraum bekommen, in dem sie sich wieder vermehren konnten und in dem sie sich wohl fühlten. Frau Moosburger hatte diese Herausforderung gerne angenommen, wenngleich sie sich nur schweren Herzens von ihrer Familie getrennt hatte.

„Wir kommen schon zurecht!“, hatten ihr Mann und ihre drei Kinder versichert. Aber das war leichter gesagt als getan. Es hatte Wochen gedauert, bis die vier Moosburgers die Lage halbwegs in den Griff bekommen hatten. Trotzdem war ihr Haushalt noch immer ein einziges Chaos.

„In unserer Küche sieht es aus wie auf einer Baustelle!“, stellte Romeo immer wieder fest. Der Achtjährige vermisste seine Mutter, genoss es aber, von seinem Vater des Öfteren Geld für Hamburger und Pommes zu bekommen, wenn nichts Essbares im Haus war.

Seit Penny und Kolumbus sich um die Wäsche kümmerten, gab es kein einziges weißes Kleidungsstück mehr. Immer wieder war eine rote Socke, ein schwarzes T-Shirt oder ein blaues Hemd in die weiße Wäsche gerutscht und hatte alles verfärbt. Die meisten Hosen waren um mindestens zwei Nummern geschrumpft. Auch zwei teure Pullis waren so sehr eingegangen, dass Penny sie nur noch ihrem alten Teddybären anziehen konnte, der auf ihrem Schrank saß und mit seinen schwarzen Knopfaugen treuherzig herunterblickte.

Bislang waren Ferien gewesen, und deshalb konnte Penny ihrem Vater in der Tierarztpraxis helfen. Sonst hatte das immer ihre Mutter getan. Aber was sollte ab nächsten Montag werden, wenn die Schule wieder anfing?

Krrring! … Krrring!

Im Augenblick stellte sich vor allem die Frage, wer jetzt das Telefon abhob. Das hatte sonst auch immer Frau Moosburger gemacht. Sie schaffte es, aus dem Tiefschlaf aufzuwachen und trotzdem munter und fröhlich zu klingen. Sobald sie wusste, worum es ging, weckte sie ihren Mann, mitunter auch recht unsanft. Sie sagte ihm rasch, was los war, rollte sich auf die Seite und war schon wieder eingeschlafen.

Krrrring!

Das Klingeln wurde immer penetranter. „Ich will nicht – bin sooo müde!", knurrte Penny. Warum sollte sie aufstehen? Wieso konnte das nicht einer ihrer Brüder tun? Sie warf sich im Bett herum und spähte auf die Leuchtziffern ihres Radioweckers. Es war kurz nach fünf Uhr. „He, was ist denn?", protestierte sie, als ihr plötzlich jemand die warme Decke wegzog und sie, nur mit einem langen T-Shirt bekleidet, dalag. Penny richtete sich empört auf und sah den Übeltäter. Es war Robin, der drollige Berner Sennenhund mit dem seidenweichen schwarzen Fell, das am Kopf und an den Beinen weiße und goldbraune Streifen und Flecken aufwies. Robin war bis vor kurzem Filmhund gewesen und beherrschte jede Menge Tricks. Nach dem schweren Unfall seiner Trainerin hatte Penny den Hund zu sich genommen und ihm durch ihre Liebe, ihre Geduld und Mühe das Leben gerettet. Sonst wäre er sicher vor Kummer gestorben.

Bald waren die beiden ein Herz und eine Seele. Als dann Susan, Robins Frauchen und Trainerin, aus dem Krankenhaus entlassen wurde, war Robin zwischen ihr und Penny hin und her gerissen und hatte sich schließlich für Susan entschieden. Für Penny aber brach eine Welt zusammen.

Die darauf folgende Nacht war die schlimmste gewesen, die Penny je erlebt hatte. Aber dann … dann war das Wunder geschehen: Susan, die seit dem tragischen Unfall im Rollstuhl saß, war zu Penny gekommen und hatte ihr Robin gebracht. Auch er hatte eine unruhige Nacht hinter sich, in der er winselnd und jaulend an Susans Tür gekratzt hatte. „Ihr zwei, ihr gehört zusammen!“, hatte Susan gesagt und Penny den Hund für immer anvertraut.

„Robin … lass das …!“, begann Penny zu schimpfen, aber es gelang ihr nicht, ernst zu bleiben. Der Hund sah mit der Bettdecke im Maul zu komisch aus. Bestimmt war er einmal für eine Filmszene darauf trainiert worden, Bettdecken wegzuziehen. Penny setzte sich auf und nahm den runden, wuscheligen Kopf in beide Hände. Sie blickte Robin tief in die Augen und küsste ihn auf die Schnauze. Augenblicklich schoss seine lange rosa Zunge aus dem Maul und leckte Pennys Wange.

Krrrrring!

Jetzt war Penny endgültig wach und konnte ebenso gut aufstehen. Sie schwang sich aus dem Bett und trat dabei aus Versehen in den großen Hundekorb, in dem noch Milli lag. Mit einem unwilligen Knurren erwachte die schwarze Lhasa-Hündin. Ihr normalerweise bodenlanges Fell war kurz geschoren, da es sonst arg verfilzte und im Sommer viel zu heiß war. Jetzt war es streichholzlang und weich wie Plüsch.

Auch Milli lebte erst seit zwei Monaten bei Penny. Das arme Tier war von einem brutalen Kerl einfach aus dem fahrenden Auto geworfen worden und hatte sich dabei ein Bein gebrochen. Penny hatte die Hündin gesund gepflegt und behalten. Milli, die ungefähr die Größe eines Dackels hatte, liebte Robin über alles. Offenbar sah sie in ihm den großen Bruder, dem sie ständig nacheiferte. Dennoch dachte sie nicht im Traum daran, aufzustehen. Sie blinzelte Penny vorwurfsvoll unter den langen Stirnfransen an, als wollte sie sagen: „Was soll die frühe Störung?“ Danach rollte sie sich wieder ein und schlief weiter.

Krrrrring!

Penny wusste, dass es sich um einen besonders dringenden Notfall handeln musste. Nur so war die Hartnäckigkeit des Anrufers zu erklären. Barfuß stürmte sie über die knarrende Holztreppe ins Erdgeschoss hinunter, wo im Vorzimmer das Telefon stand. Sie riss den Hörer an sich und meldete sich mit: „Moosburger!“

Am anderen Ende der Leitung blieb es still. Sollte der Anruf ein Scherz gewesen sein? Wütend knallte Penny den Hörer auf die Gabel und hätte am liebsten laut geflucht. Wo steckte eigentlich ihr Vater? Wieso ging er nicht ans Telefon? Penny lief wieder in den ersten Stock hinauf und öffnete leise die Tür zum elterlichen Schlafzimmer.

Das Bett ihres Vaters war unberührt!

Krrrrring! Schon wieder! Diesmal brauchte Penny nicht die Treppe hinunterzulaufen, denn auf dem Nachtkästchen ihrer Mutter stand ein zweites Telefon. „Moosburger, hallo?“

Doch jetzt meldete sich eine tiefe, heisere Frauenstimme: „Herr Doktor ... hier Herta Schlögel ... bitte schnell ... schnell ... der Rolfi ... Herr Doktor!“

Penny wollte ihr sagen, dass sie nicht mit ihrem Vater sprach, aber es war nicht möglich. Frau Schlögel ließ sie nicht zu Wort kommen und redete wie ein Wasserfall weiter.

„Haben Sie vorhin schon einmal angerufen?“, gelang es Penny endlich zu fragen.

„Jaja, Herr Doktor, schnell ... bitte ... der Rolfi!“ Die Frau brach in hemmungsloses Schluchzen aus und konnte nicht mehr weitersprechen.

„Mein Vater kommt so schnell er kann!“, versprach Penny. Aber dazu musste sie ihn erst einmal finden. Wo steckte er bloß?

Im ersten Stock des Hauses, in dem früher einmal ein Schmied mit seiner Familie und seinen Gesellen gewohnt hatte, befanden sich außer dem Schlafzimmer noch ein Esszimmer, zwei kleine Arbeitszimmer, zwei Bäder, ein Gästezimmer und das urgemütliche Wohnzimmer mit dem offenen Kamin. Penny durchsuchte die Räume in dieser Reihenfolge, war aber vorerst erfolglos. „Das gibt es doch nicht!“, murmelte sie.

Im zweiten Stock, der von ihr und ihren beiden Brüdern bewohnt wurde und den Erwachsene nur in Notsituationen betreten durften, streckte Robin den Kopf durch das Treppengeländer und schaute fragend zu

Penny herunter. Wurde jetzt geschlafen, gegessen, gespielt oder fortgegangen?

„Robin, komm her!", rief Penny den Berner Sennenhund. Robin fasste das als Aufforderung zum Spielen auf, was seine Lieblingsbeschäftigung war. Schwanzwedelnd sprang er die Treppe herunter und trottete in seinem leicht schwankenden Gang auf Penny zu. „Wenn er geht, sieht er aus wie ein Mannequin auf dem Laufsteg. Die schwingen auch immer so die Hüften!", hatte Dr. Moosburger einmal lachend festgestellt. Robin schien gespürt zu haben, dass man sich über ihn lustig machte, und hatte dem Tierarzt demonstrativ sein Hinterteil zugekehrt und ihn einen ganzen Tag lag nicht mehr angesehen.

„Such Paps!", forderte Penny ihren vierbeinigen Freund auf. „Schau, wo er steckt!" Robin war kein guter Fährtenhund, aber diesen Befehl verstand er. Er streckte witternd den Kopf in die Luft. Danach senkte er die Nase und schnüffelte am Boden herum. Sein Schwanz richtete sich langsam auf. Ein Zeichen, dass er etwas entdeckt hatte.

Mit tollpatschigen, übermütigen Sprüngen raste Robin ins Wohnzimmer auf einen hohen Lehnstuhl zu. Dieser stand mit der Lehne zur Tür, sodass man nicht sehen konnte, ob jemand darin saß.

Penny kam näher und fand ihren Vater laut schnarchend im Lehnstuhl sitzend vor. Neben ihm auf dem Boden lag ein mindestens vierhundert Seiten dickes Buch, das er bestimmt in der Nacht ausgelesen hatte. Manchmal überkam ihn eine regelrechte Lesewut. Jetzt war Penny auch klar, warum er das Telefon nicht gehört hatte. Sie rüttelte ihn an der Schulter. Robin unterstützte sie, indem er ihm kreuz und quer über die Bartstoppeln leckte.

„Paps, wach auf! Schnell!", rief Penny. Unwillig brummend öffnete der Tierarzt die Augen. „Eine Frau Schlögel hat angerufen ... sie ist total fertig, ihrem Rolfi muss was zugestoßen sein!"

„Ja ... ja ... die arme Frau ... ich fahre sofort los", murmelte Dr. Moosburger schlaftrunken.

Penny beschloss ihn zu begleiten. Sonst schlief er womöglich noch am Steuer ein.

Wer tut so etwas?

Es war ein kühler, fast schon herbstlicher Morgen. Nebelschwaden lagen über dem kleinen Tal, in dem das prachtvolle alte Haus der Tierarztfamilie stand. Der untere Teil des zweistöckigen Hauses war gemauert, der Giebel und der Balkon bestanden aus dunklem Holz. Gegenüber lag ein kleiner Ziegelbau, in dem sich einst die Hammerschmiede befunden hatte. Heute diente das Häuschen als Garage und als Stall für die zahlreichen Tiere, die bei Moosburgers ein neues Zuhause gefunden hatten. Neben den zwei Hunden und dem Graupapagei Mozart gab es hier zwei Esel, von denen einer stumm und der andere fast blind war, ein Pony, das leidenschaftlich gerne Rosen fraß, mehrere Pfauen, die zwar keine Räder schlagen, dafür aber umso lauter schreien konnten, ein Kaninchen, das nur ein Ohr hatte, vier Ziegen, die sich manchmal wie richtige Rowdys benahmen, fünf Hühner, von denen die meisten hinkten und keine Eier legten, und zwei Gänse, die einander nie von der Seite wichen. Alle diese Tiere hätten geschlachtet werden sollen, weil sie in den Augen ihrer Besitzer nichts mehr taugten. Der Tierarzt aber hatte das nicht zugelassen, sie gekauft und nach Hause gebracht. Penny versorgte und fütterte sie täglich, im Sommer und im Winter, in den Ferien und in der Schulzeit, was nicht immer ganz einfach war.

Dr. Moosburger holte seinen Jeep aus der Garage, und Penny öffnete die hintere Ladeklappe. Mit einem

Satz sprang Robin hinein und machte es sich auf ein paar Decken bequem. Milli, die auch mitkommen wollte, stand wie eine Prinzessin neben dem Auto, wedelte langsam mit ihrem buschigen Schwanz und wartete darauf, von Penny in das Auto gehoben zu werden.

„Bitte, königliche Hoheit!“, sagte Penny und hob die Hündin hoch. Zufrieden legte sich Milli zu Robin. Manchmal hatte Penny den Eindruck, dass die kleine Lhasa-Hündin grinsen konnte.

Dr. Moosburger fuhr los und wischte sich immer wieder über das braun gebrannte, übernächtigte Gesicht. Sein Haar stand noch immer büschelweise kreuz und quer vom Kopf ab und war in der Eile einfach nicht zu bändigen gewesen.

„War spannend, der Thriller“, sagte er.

„Das kann ich mir vorstellen. Bis wann hast du gelesen?“, wollte Penny wissen.

„Halb vier!“, erwiderte der Vater schlaftrunken.

„Kennst du Frau Schlögel?“, erkundigte sich Penny.

Dr. Moosburger nickte. „Eine recht freundliche, ältere Frau. Lebt in einem kleinen Häuschen mit einem wunderschönen Garten, gar nicht weit von uns. Sie hat mir einmal erzählt, dass sie seit zwanzig Jahren weder Obst noch Gemüse eingekauft hat. Alles, was sie braucht, wächst in ihrem Garten. Ihr Mann ist vor vier Jahren gestorben, und seither ist Rolfi ihr einziger Gefährte. Sie lässt niemanden an sich heran. Ich mache mir ernstlich Sorgen, Penny“, gestand der Tierarzt. „Rolfi ist über vierzehn Jahre. Ein hohes Alter für einen Hund. Sein Herz ist sehr schwach, und er muss jeden Morgen Tabletten bekommen, damit er überhaupt auf-

stehen kann. Wenn er stirbt, ist die arme Frau Schlögel ganz allein!“

Dr. Moosburger betätigte den Blinker, weil er abbiegen wollte. Das Haus der alten Frau erreichte man über einen kleinen Zufahrtsweg. Plötzlich aber bremste er scharf und hielt am Rand der Landstraße an. Genau dort, wo sich Zufahrt und Landstraße kreuzten, kniete die stämmige, grauhaarige Frau auf dem Boden. Der Tierarzt sprang aus dem Jeep und lief zu ihr. Penny folgte ihm. Robin schien zu spüren, dass etwas passiert war. Er sprang auf und bellte zweimal.

Penny sah, wie sich ihr Vater neben Frau Schlögel kniete und mit ihr zu reden begann. Den Hund konnte sie aber nicht sehen. Er war durch das hohe Gras am Straßenrand verdeckt. Langsam ging sie auf beide zu. Ein paar Steinchen knirschten unter ihren Schuhen und machten Dr. Moosburger auf sie aufmerksam. „Komm nicht her, Penny!“, rief er über die Schulter.

„Aber … aber …!“ Penny spürte plötzlich einen dicken Kloß im Hals. Angestrengt kämpfte sie gegen die aufsteigenden Tränen an. „Ich … ich kann nicht immer die Augen zumachen, wenn etwas Schlimmes passiert“, murmelte sie. Sie wollte schließlich später Tierärztin werden und wusste, dass dieser Beruf auch seine Schattenseiten hatte.

Mutig trat sie hinter ihren Vater und riskierte einen Blick auf den liegenden Hund.

„Oh mein Gott!“, stieß sie hervor und drehte den Kopf zur Seite. Im Gras lag ein mittelgroßer, alter Hund mit semmelgelbem, zottigem Fell. Es war stumpf und matt. Was Penny aber so erschreckt hatte, war das Blut, das aus seinem Maul rann. Die Schnauze war ganz rot davon und sah einfach grauenhaft aus.

„Wie ein Blitz ist es gekommen ... ein schwarzer Blitz“, schluchzte Frau Schlögel. „Es muss mindestens hundertfünfzig gefahren sein ... mindestens ... es ist förmlich um die Kurve gerast. Ich rufe noch: ‚Rolfi, zurück!‘ Aber da war es schon zu spät. Der Rolfi sieht und hört doch so schlecht. Er hat das Auto nicht rechtzeitig bemerkt. Er konnte nicht mehr ausweichen. Das Auto ist durch die Kurve geschlittert und hat ihn am Kopf gestreift. Herr Doktor ... er hat richtig geschrien. Es klang so verzweifelt! Er ist zurückgeschleudert worden ... dahin, wo er jetzt liegt, und zuerst hat er sich gar nicht mehr bewegt. Ich wollte mit ihm spazieren gehen, weil wir beide in der Früh nie schlafen können. Und jetzt ...“ Frau Schlögel schluchzte so heftig, dass sie nicht mehr weiterreden konnte. Die Tränen liefen ihr über das faltige Gesicht, das von roten Äderchen durchzogen war.

Es gab etwas, das Penny an ihrem Vater bewunderte: Er war noch nicht abgestumpft. Das Schicksal jedes einzelnen Patienten bewegte ihn. Trotzdem gelang es ihm, die Ruhe zu bewahren und sich um Tier und Herrchen oder Frauchen zu kümmern und dabei auch noch die richtige Entscheidung zu treffen. Langsam und liebevoll streichelte er über den Brustkorb des bewusstlosen Hundes. Seine Flanken hoben sich schnell, er atmete stoßweise.

Von hinten stupste jemand Penny in die Kniekehlen. Sie drehte sich um und sah Robin, der aus dem Auto gesprungen und zu ihr gekommen war. Schnell bückte sie sich und schlang ihre Arme um seinen Hals. Sie presste ihr Gesicht in sein weiches, warmes Fell und versuchte die Tränen zurückzuhalten.

„Bitte ... bitte ... Rolfi darf nicht sterben. Bitte!", flehte sie leise.

„Herr Doktor ... Herr Doktor ... er bewegt sich wieder", stammelte Frau Schlögel hoffnungsvoll.

Danach herrschte einige Sekunden lang absolute Stille. Sogar die Vögel schienen verstummt zu sein. Penny wagte es nicht aufzublicken.

„Herr Doktor ... wieso ... wieso ...?", mehr brachte die alte Frau nicht heraus.

„Frau Schlögel, Rolfis Herz ... es war zu viel!", sagte Dr. Moosburger leise.

Penny dachte, die Frau würde wieder zu weinen beginnen, aber sie tat es nicht. „Leb wohl, Rolfi", sagte sie nur leise. „Du warst ein treuer Begleiter. Ich komm dir bald nach, denn jetzt hält mich keiner mehr hier!"

Der Tierarzt und seine Tochter erstarrten fast vor Schreck. Frau Schlögel hatte die Worte so ernst und nachdrücklich gesagt, dass es sich um keine leere Floskel handeln konnte.

„Aber ... Frau Schlögel ..." Dr. Moosburger wollte sie beruhigen, doch die alte Dame hob wortlos den toten Hund auf und trug ihn zu ihrem Haus.

Stumm blickten Penny und ihr Vater ihr nach. Der Tierarzt legte seinen Arm um ihre Schultern und seufzte tief. Robin aber warf den Kopf nach hinten und gab einen lang gezogenen Heulton von sich. Penny hatte diesen Laut bei ihm noch nie gehört und blickte ihn verwundert an.

„Sollen wir ihr ... nicht nach?“, fragte Penny leise.

Dr. Moosburger zuckte hilflos die Schultern. „Ich ... ich bin ratlos ... ich habe Herta Schlögel noch nie so entschlossen erlebt. Wir müssen etwas unternehmen. Ja, du hast Recht, ich muss zu ihr!“ Er packte seine Tasche und ging der Frau mit strammen Schritten nach. Penny fröstelte und bemerkte erst jetzt, wie kalt es war. Sie nahm Robin am Halsband und ging mit ihm zum Wagen zurück.

Ungefähr zehn Minuten später kam ihr Vater zurück, setzte sich hinter das Lenkrad und stützte den Kopf in die Hände. „Ich ... ich habe das alles nicht gewusst“, sagte er betroffen. „Frau Schlögel ist völlig allein. Sie hatte zwei Kinder, einen Sohn und eine Tochter ... beide sind bei einem Verkehrsunfall vor zehn Jahren ums Leben gekommen. Ihr Mann lebt auch nicht mehr, und Verwandte hat sie keine. Es ist niemand da, der sich um sie kümmert. Sie ist wie gelähmt, starrt nur noch vor sich hin, als ... würde sie in eine andere Welt schauen. Es klingt kitschig, aber es ist tatsächlich so!“

„Kennst du niemanden, der Welpen hat? Wir könnten einen holen und ihn ihr bringen. Das würde ihr sicher helfen. Glaubst du nicht, Paps?“

Der Tierarzt überlegte kurz und schüttelte dann den Kopf. „Nein Penny, bei jedem anderen hätte ich Ja gesagt. Aber Frau Schlögel hat mich vorhin sogar gewarnt, etwas in dieser Richtung zu unternehmen. Sie hat ausdrücklich gesagt, dass sie nie wieder einen Hund will.“

Von seinem Autotelefon aus verständigte Dr. Moosburger einen befreundeten Arzt. Dieser war nicht gerade erfreut, an einem Samstag, um sechs Uhr morgens aus dem Bett geklingelt zu werden. Da es sich aber um einen Notfall handelte, versprach er, bald bei Herta Schlögel vorbeizuschauen.

„Dieser Tag fängt ja gut an“, seufzte Penny. Vor allem aber beschäftigte sie die Frage, wer wohl der Wahnsinnige war, der in den frühen Morgenstunden über die Landstraße gerast war.

„Wahrscheinlich ein Betrunkener“, meinte ihr Vater.

„Ein Tritt aufs Gaspedal, und er hat einen Hund umgebracht und einen Menschen ins Unglück gestürzt!“, sagte Penny leise.

Die Horrortante

Zu Hause angekommen, brühte Penny für sich und ihren Vater eine Kanne Tee auf. Mit lautem Kläffen machte Milli darauf aufmerksam, dass sie Hunger hatte und fressen wollte. Penny lächelte. „Jaja, ich mach ja schon!“, beruhigte sie die ungeduldige Hündin. Sie vermischte Dosenfutter mit Hundeflocken und klatschte eine große Portion in Robins Napf und eine kleine auf einen weißen Porzellanteller, von dem Milli zu fressen pflegte.

Es war jedes Mal wie die Raubtierfütterung im Zoo. Jeder der beiden bekam in einer anderen Ecke der Küche sein Futter hingestellt und stürzte sich gierig darauf. Milli hatte den Spitznamen „Staubsauger“, da sie alles Essbare ohne zu kauen gierig in sich hineinsog. Robin hingegen fraß mit mehr Genuss.

Die Lhasa-Hündin war meistens schon nach wenigen Sekunden damit beschäftigt, die letzten Reste von ihrem Teller zu lecken, und näherte sich dann vorsichtig Robins Futterstelle. Doch sie würde es nie wagen, an seinen Napf zu gehen, solange Robin noch fraß.

Einmal hatte sie das versucht, und was damals geschah, war ihr eine Lehre gewesen. Der sonst so sanftmütige Sennenhund geriet völlig aus der Fassung, fletschte drohend die Zähne und bellte die Hündin wütend an, als wollte er sagen: Erste und letzte Warnung! Tu das nie, nie wieder!

Seither hielt Milli einen Respektabstand ein und wartete, bis ihr großer Freund fertig war. Erst dann verzehrte sie alles, was er übrig gelassen hatte, und leckte auch noch alle Krümel rund um den Napf auf.

„Guten Morgen … was ist denn los?“ Schlaftrunken taumelte Romeo in die Küche. Er trug ein blau-weiß gestreiftes Nachthemd und rieb sich verschlafen die Augen. Seine besonderen Kennzeichen waren die abstehenden Ohren, auf die er sehr stolz war, und seine tiefe Stimme, die ihn wie einen Siebzehnjährigen klingen ließ. Zu seinem Namen war er übrigens gekommen, weil Pennys Mutter am Abend vor seiner Geburt das Ballett „Romeo und Julia“ gesehen hatte.

Wenige Minuten später kam auch Kolumbus, Pennys sechzehnjähriger Bruder. Er hatte ein schickes hellblaues Hemd an, das ihm besonders gut stand. Einige Mädchen aus Pennys Klasse schwärmten für ihn, woraus Penny schloss, dass an ihrem großen Bruder doch etwas dran sein musste. Als Schwester konnte man das nicht so gut beurteilen.

Heute Morgen war Pennys großer Bruder von einer Duftwolke eingehüllt.

„Igitt, du stinkst schlimmer als alle unsere Ziegen zusammen!“, stellte Romeo naserümpfend fest.

Kolumbus warf dem Achtjährigen einen Blick zu, mit dem er sagen wollte: Kleiner Bruder, halt die Klappe, davon verstehst du nichts.

„He, hast du eine heiße neue Braut, mit der du dich triffst?“, wollte Romeo wissen.

„Wie sprichst du denn, Romeo?“, fragte Dr. Moosburger tadelnd.

„Ich rede so wie Kolumbus mit seinen Freunden am Telefon!“, verriet der Junge.

Kolumbus bekam einen roten Kopf. „Belauschst du mich etwa?“

Romeo hatte einen großen Fehler: Er redete manchmal zu viel und plauderte die tollsten Geheimnisse aus. „Wenn man das Telefon in Papas und Mamas Schlafzimmer abhebt, kann man mithören, was auf einem der anderen Apparate geredet wird!“, sagte er grinsend.

Kolumbus packte ihn am Kragen und schärfte ihm ein: „Wenn du das noch einmal tust, dann versenke ich den Kram aus deinem Zimmer im See, kapiert?“

Romeo schwieg. Auf solche Fragen gab er nie Antwort. Das ließ ihm später alle Möglichkeiten offen.

„Ich habe Hunger!“, verkündete er stattdessen.

Penny öffnete die Kühlschranktür und seufzte tief. Die Fächer waren bis auf einige schrumplige Karotten leer. Im Brotkasten herrschte ebenfalls Ebbe, und die Vorratskammer war seit der Abreise ihrer Mutter nie mehr aufgefüllt worden. Dort nach essbaren Dingen zu suchen war sinnlos.

„Okay, ich werde bei McDonald’s frühstücken!“, entschied Kolumbus. Das war in seiner Clique zurzeit besonders in.

„Triffst du dort den steilen Zahn, der auf dieses Stinkwasser steht?“, erkundigte sich Romeo.

„Kleiner Bruder, davon verstehst du nichts!“, sagte Kolumbus. „Das ‚Stinkwasser‘ ist ein teures Rasierwasser, und von Mädchen hast du erst recht keine Ahnung!“

Romeo schmollte. Worte wie „davon verstehst du nichts“ brachten ihn immer zur Weißglut.

„Also das würde mich jetzt auch interessieren. Triffst du ein Mädchen, ja oder nein?“, hakte Dr. Moosburger nach. Er stellte diese Fragen immer wie ein Computer. Es ging ihm eigentlich nur darum, über alles in seinem Hause informiert zu sein.

„Ja, und sie heißt Cornelia!“, sagte Kolumbus patzig. „Ist das Verhör beendet?“

Sein Vater nickte. Er hatte wieder den Überblick und war zufrieden.

„Also wenn ich mich nicht hätte, dann müsste ich verhungern!“, brummte Romeo.

Der Rest der Familie blickte ihn fragend an. Was sollte das schon wieder heißen? Romeo öffnete die Vorratskammer und deutete hinein wie ein Zauberkünstler, der auf seine unverletzte Assistentin zeigt, die er soeben mit dreiunddreißig Säbeln durchbohrt hatte. Dr. Moosburger, Penny und Kolumbus mussten aufstehen, um in den kleinen Raum sehen zu können.

„Was ist denn das?“, fragte der Tierarzt fassungslos. In den Regalen, die bis vor kurzem leer gewesen waren, stapelten sich bunte Kartons.

„Das sind hundert Packungen Knusper-Früchteringe. Die roten schmecken nach Kirschen, die gelben nach Bananen und die orangefarbenen nach Orangen“, erklärte Romeo stolz.

Dr. Moosburger war ratlos. Was hätte jetzt seine Frau gemacht? Himmel, warum kannte er sich bei liebeskranken Hunden aus und versagte manchmal so kläglich bei seinen eigenen Kindern. Da er es schließlich vorzog, zu schweigen, erklärte Romeo ihm und seinen Geschwistern, welch großartiges Geschäft er gemacht hatte.

„Ich habe die Knusper-Früchteringe im Supermarkt erstanden. Sie sind nicht mehr ganz frisch, und wir müssen sie in den nächsten drei Wochen essen. Keine Sorge, jeder muss nur eine Packung am Tag verdrücken. Aber ich musste zugreifen. Ich habe nämlich einen Spezialpreis ausgehandelt. Sie waren um zwanzig Cent billiger als sonst, und außerdem habe ich zehn Eislutscher gratis bekommen."

„Romeo!", stöhnte Penny. Zu so einem Geschäft war nur ihr kleiner Bruder fähig, dessen Stimme so tief und erwachsen klang, als wäre er älter als Kolumbus.

„Und wie hast du das alles bezahlt?", wollte sein Vater wissen.

„Gar nicht! Der Supermarkt schickt dir die Rechnung, Paps!"

„Auch das noch", jammerte Dr. Moosburger und ruderte hilflos mit den Armen, was Robin sofort dazu veranlasste, sich auf den Boden zu werfen – und durch die Küche zu robben. Er war für die Filmdreharbeiten getrimmt worden, auf jede Handbewegung des Trainers mit einer bestimmten Bewegung zu reagieren. Sollte er robben, so musste man nur mit den Armen rudern. Robin hielt Dr. Moosburgers Geste der Hilflosigkeit für diesen Befehl und führte ihn auch sogleich aus. Selbstverständlich erwartete er sich danach Hundekuchen als Belohnung.

Der morgendliche Trubel in der Küche löste sich damit in Gelächter auf, das aber sofort verstummte, als Dr. Moosburger seinen drei Kindern eine Mitteilung machte: „Übrigens, heute Nachmittag kommt meine Schwester zu uns."

„Tante Dagmar?", riefen die drei Moosburger-Kinder im Chor.

„Ich habe keine andere!", erwiderte ihr Vater.

„Und wann reist sie wieder ab?", fragte Penny sofort. Sie konnte die Tante nicht ausstehen.

„Dagmar bleibt mindestens vier Wochen. Sie wird uns den Haushalt führen", erklärte der Tierarzt.

„Ich verlange eine Ritterrüstung und einen Taucherhelm!", brummte Romeo.

„Und ich Ohrenstöpsel!", sagte Kolumbus.

„Für mich auch ein Paar und drei Rollen Stacheldraht dazu", verkündete Penny.

Dr. Moosburger wusste zwar, dass seine Kinder Dagmar nicht besonders leiden konnten, aber er hatte sich nie weiter den Kopf darüber zerbrochen. „Was soll das heißen?", fragte er etwas verwundert.

„Tante Dagmar will mich andauernd abknutschen!", beklagte sich Romeo. „Deshalb brauche ich eine Rüstung und den Taucherhelm. Zum Schutz!"

„Sie versucht ständig einem das Leben zu erklären und gibt tausend gute Tipps, die mir schon zum Hals heraushängen!", stöhnte Kolumbus. Daher brauche ich Ohrenstöpsel."

Penny hatte dieselben Sorgen und meinte: „Außerdem hält sie sich nicht daran, dass der zweite Stock nur Kolumbus, Romeo und mir gehört, und will immer Ordnung machen und so. Deshalb muss Stacheldraht gespannt werden!"

Dr. Moosburger fuhr sich durch das struppige, hellbraune Haar. „Äh ... sie ... ist eine sehr gründliche Frau, jaja. Das war sie immer schon. Und sie ... also sie ... hat immer schon alles in Ordnung gebracht", gestand er ein. Aus diesem Grund konnte seine Frau Tante Dagmar auch nicht leiden. Dagmar war zehn Jahre älter und spielte sich immer als Familienoberhaupt auf, das überall ordnend eingreifen musste. „Also ich finde es gut, dann gibt es wenigstens jeden Tag Frühstück!", meinte er. Für seine Kinder war das ein schwacher Trost. Tante Dagmar war und blieb eine Nervensäge der schlimmsten Sorte.

„Wir brauchen eine Haushälterin, die putzt und wäscht und kocht und dir in der Praxis hilft!", meinte Penny.

Dr. Moosburger nickte. „Jaja, das hat deine Mutter auch gesagt, aber so eine Perle findet man heute nicht mehr!"

Penny musste schmunzeln. Ihr Vater war in fast allen Angelegenheiten, die nicht mit seinem Beruf zu tun hatten, ziemlich hilflos. Sie ahnte, dass er sich unter einer Haushälterin eine ältere, rundliche Dame in einem schwarzen Kleid mit weißer Schürze vorstellte. Dienstbare Geister dieser Art gab es tatsächlich nicht mehr.

„Papa, bitte verschone uns!", flehte Kolumbus.

Romeo und Penny beschworen ihn ebenfalls, aber Dr. Moosburger blieb hart. „Nein, wir brauchen Hilfe. Vor allem jetzt, wo nächste Woche die Schule wieder beginnt." Die Geschwister stöhnten auf.

An diesem Vormittag war keine Sprechstunde, die Praxis blieb aber trotzdem nicht geschlossen. Dr. Moosburger hatte drei kleine Operationen durchzuführen, bei denen ihm ein Student der Tiermedizin assistierte. Penny hatte daher frei. Sie zog ihre roten Jeans an und dazu einen großen, weiten weißen Sweater. Dann pfiff sie dreimal kurz und einmal lang, was für ihre beiden Hunde das Zeichen zum Aufbruch war. Freudig sprangen sie um das Mädchen herum.

Penny holte ihr Fahrrad aus dem Nebenhaus und hob Milli in den Korb, der an der Lenkstange befestigt war. Robin würde neben ihr herlaufen, aber für die kleine Lhasa-Hündin war die Strecke zu lang, die sie sich vorgenommen hatte. Sie hatte nämlich einen Entschluss gefasst …

Ivan

Penny wollte wissen, ob es wirklich unmöglich war, eine Haushälterin zu finden. Aus diesem Grund hatte sie beschlossen, zur Redaktion einer Salzburger Lokalzeitung zu fahren und dort eine Anzeige aufzugeben. Mit ein bisschen Glück erschien das Inserat bereits in der Sonntagsausgabe, die von besonders vielen Leuten gelesen wurde.

Gemütlich radelte Penny aus dem kleinen Tal, in dem sich das Paradies der Moosburgers befand, und bog auf die Landstraße ein. Robin lief mit geschmeidigen Bewegungen neben ihr her. Das Mädchen genoss die angenehm warme Luft, die über ihr Gesicht strich und ihr langes blondes Haar flattern ließ.

Plötzlich fiel ihr wieder die Sache mit Rolfi ein. Für kurze Zeit war es ihr gelungen, sie zu verdrängen, aber jetzt sah sie wieder alles deutlich vor sich: den verletzten Hund, die verzweifelte Frau und den starren Blick, mit dem sie verkündet hatte, Rolfi bald zu folgen. Für Penny war nichts schlimmer als Hilflosigkeit. Sie wollte so gerne etwas für Frau Schlögel tun, aber was? Ach, Mama, wenn du nur hier wärst!, dachte sie. Ihre Mutter war für Penny so etwas wie ihre beste Freundin. Sie vermisste die Gespräche mit ihr immer mehr.

Deshalb vertraute sie alles, was sie tagsüber bewegt hatte, am Abend ihren Tagebuchheften an. Jedes davon hatte einen andersfarbigen Umschlag, und die Schreibseiten waren aus umweltfreundlichem Papier. Penny besaß ein rotes, ein grünes, ein rosafarbenes und ein blaues Heft. In das rote trug sie alle Sachen ein, die sie wütend machten, in das grüne alle schönen Ereignisse, in das rosafarbene alles, was mit Gefühl zu tun hatte, und in das blaue die traurigen Ereignisse.

Na ja, in das blaue Heft würde es diesmal eine größere Eintragung geben. Aber auch in das rote, denn es machte sie wütend, dass ihr Vater etwas unternahm, ohne die Familie vorher zu fragen.

Was er kann, kann ich auch. Ich werde eine Haushaltshilfe finden – und wenn ich erst eine habe, werde ich sie ihm aufs Auge drücken, und dann kann er nicht mehr Nein sagen!, entschied Penny.

Die Zeitungsredaktion war in einem alten, gelbgestrichenen Haus untergebracht und besaß mehrere Eingänge. Über einem prangte ein Schild mit der Aufschrift „Leserservice". Dort trat Penny mit Robin und Milli ein.

Hinter der Tür befand sich ein Raum, der Penny an ein Postamt erinnerte. Hinter einer Glaswand befanden sich drei Schalter. Dahinter standen Schreibtische, von denen aber nur einer besetzt war. Im vorderen Teil, in dem Penny stand, gab es vier Stehpulte, an denen man die Formulare für die Kleinanzeigen ausfüllen konnte.

Penny trat an den Schalter, der von einer Frau mittleren Alters besetzt war. Sie lächelte die Angestellte freundlich an und wartete. Auf einem Metallschild las Penny, dass sie es mit Frau Ilse Grünbaum zu tun hatte. Frau Grünbaum las seelenruhig in einer Illustrierten Klatsch aus dem englischen Königshaus und aß dabei geräuschvoll einen Apfel.

„Guten Tag!", grüßte Penny höflich.

Die Frau hob gnädig den Blick und fragte in einem Ton, der deutlich zu verstehen gab, dass sie Penny zum Teufel wünschte: „Ja?"

Die Tür des Büros ging auf, und jemand trat mit langsamen Schritten hinter Penny.

„Ah ... ich ... also ich möchte gerne eine Anzeige aufgeben!", sagte Penny.

„Formular ausfüllen und mir bringen. Jedes Wort ein Euro, Grundgebühr zehn Euro, falls Zusendungen an uns kommen, noch einmal fünf Euro Bearbeitungsgebühr!", sagte Frau Grünbaum in einem leiernden Ton und vertiefte sich sofort wieder in ihre Zeitschrift.

„Entschuldigung, aber ich wollte Sie eigentlich um Hilfe bitten. Ich habe noch nie eine Anzeige aufgegeben!", sagte Penny verärgert.

„Du schaffst das schon!", wimmelte Frau Grünbaum sie ab. Penny wäre am liebsten wieder gegangen. Aber es gab nur noch eine andere Zeitung und diese hatte vor kurzem versucht, ihren Vater als Tierquäler abzustempeln. Zum Glück war der Rufmord rechtzeitig aufgeflogen, sonst hätte er seine Praxis schließen können.

Penny stapfte wütend zu einem der Stehpulte, nahm sich ein Formular und griff nach dem Kugelschreiber.

„Kann ich dir vielleicht helfen?", fragte eine freundliche Jungenstimme hinter ihr. Ohne sich umzudrehen, spürte Penny so etwas wie einen wohligen Schauer. Die Stimme klang umwerfend nett. Sie blickte nach hinten und konnte ihre Überraschung kaum verbergen. Sie riss die Augen auf und starrte auf den Jungen, der hinter ihr stand.

Sein Haar war nach oben gekämmt und stand wie eine riesige Bürste von der Stirn bis zum Nacken senkrecht in die Höhe. Penny hatte einen solchen Irokesenschnitt erst einmal gesehen. Dazu kam, dass diese „Haarbürste“ grellgrün gefärbt war. Außerdem trug der Junge zwei große Gardinenringe in den Ohren, die ihm ein verwegenes Aussehen verliehen. Er war nicht ganz so jung, wie seine Stimme vermuten ließ. Penny schätzte ihn auf Mitte zwanzig.

„He, mach den Mund zu, sonst schluckst du noch eine Fliege!“, lachte der junge Mann, der mit einer schwarzen Lederjacke und einer verschlissenen, bunt bemalten Jeans bekleidet war. „Übrigens, ich heiße Ivan! Falls du im Augenblick nicht reden kannst, werde ich gerne versuchen, deinen Namen zu erraten!“

Penny kam sich reichlich dämlich vor, weil sie Ivan wie ein Weltwunder anstarrte. „Entschuldige“, murmelte sie.

„Kein Grund zur Panik, ich bin das gewöhnt!“, meinte Ivan.

Penny fiel auf, dass in seinem verschmitzten, pfiffigen Gesicht auch etwas sehr Müdes war. Dunkle Ringe umrandeten seine Augen.

„Bei Anzeigen kenne ich mich aus“, erklärte Ivan. „Habe selbst schon viele aufgegeben. Suchst du einen Job?“

Penny schüttelte den Kopf. Sie glotzte Ivan immer noch an. Seine Frisur faszinierte sie. „Äh, wir ... suchen eine Haushälterin!“, brachte sie mit Mühe heraus.

Ivan nickte. „Und an was hast du gedacht? Wie soll die Anzeige lauten?“

Penny war auf dem Weg nur Folgendes eingefallen: „Gesucht: Haushälterin für Tierarztfamilie."

Ivan schüttelte den Kopf. „Da meldet sich nicht die Richtige. Du willst doch bestimmt jemand Besonderes haben, stimmt's?" Penny nickte. „Gut, dann erzähl mir schnell einmal, wieso ihr überhaupt jemanden sucht. Arbeitsüberlastung deiner Mutter? Oder sind deine Eltern geschieden?"

Penny schüttelte stumm den Kopf und begann dann zu berichten. Sie erzählte alles, bis auf die Sache mit Tante Dagmar. Ivan zeigte sich verständnisvoll.

„Ich rate dir zu folgendem Text", sagte er. „‚Hilfe! Wir, eine sympathische Tierarztfamilie, brauchen dringend hilfreichen Geist für Haushalt und Küche, der uns aus dem Chaos herausholt. Bewerbungen unter Chiffre-Nummer so und so an den Verlag.'"

Penny war begeistert. Das klang gut. Schnell schrieb sie die Worte auf das Formular und füllte die Zeilen aus, in denen nach Namen und Adresse gefragt wurde. Sie bedankte sich bei Ivan und trat zum Schalter. Frau Grünbaum ließ sie über eine Minute warten, da sie ihre Lektüre nicht unterbrechen wollte. Wortlos nahm sie den Zettel und begann die Kosten für die Kleinanzeige auszurechnen.

„Sie soll für morgen sein, geht das noch?", fragte Penny.

Ilse Grünbaum grunzte etwas von: „Reichlich spät!"

Mit allen Zuschlägen, Steuern und Abgaben betrug der Preis für die Annonce fünfzig Euro.

„Was?" Penny traute ihren Ohren nicht. „Das ist ja Wucher!" So viel Geld hatte sie nicht bei sich. Außerdem war das mehr, als sie im Monat Taschengeld bekam.

„Keine Frechheiten!", zischte Frau Grünbaum.

Ivan trat neben Penny und meinte: „Ich hätte einen Tipp, wie du die Angelegenheit billiger erledigen kannst."

Penny blickte ihn fragend an. „Und der wäre?"

„Nimm mich für den Job. Ich bin genau der Richtige!"

Penny brach in Gelächter aus. Das war ein guter Witz.

Ivan wartete und sagte dann ruhig: „Nein, das ist ernst gemeint. Ich würde das gerne machen. Ich bin gelernter Koch und bügle mir seit Jahren selbst meine Hemden, weil meine Mutter streikte. Ich kann Wäsche waschen, auch wenn man es meinen Klamotten nicht auf den ersten Blick ansieht, aber das ist eben mein Stil. Ich bin Meister im Sparen und durchaus fähig, günstig einzukaufen. Staubsaugen und Ähnliches werde ich auch noch schaffen. Ehrlich, ich will den Job."

„Was ... was hast du bisher gemacht?", fragte Penny.

„In einer Disko gejobbt. Aber diese Arbeit habe ich heute um fünf Uhr früh endgültig an den Nagel gehängt. Ich habe es satt, jede Nacht in einer Räucherbude zu verbringen. Anders kann ich diesen Diskoschuppen nicht nennen. Die Luft ist zum Schneiden, und die hochnäsigen Schicki-Mickis sind zum Kotzen. Verzeihung, aber es ist so."

Alles, was Ivan da sagte, leuchtete Penny ein: Eigentlich müsste es klappen. Allerdings wollte sie sich nicht das Gesicht ihres Vaters vorstellen, wenn der Bursche mit den grünen Haaren und den Gardinenringen in den Ohren ihm unter die Augen trat. „Äh ... also ... Ivan ... kann ich dich irgendwo anrufen?“, fragte sie deshalb.

„Klar, ich wohne bei meiner Schwester. Warte, ich schreibe dir die Nummer auf!“

Vor dem Gebäude der Zeitung verabschiedeten sie sich dann voneinander, und als Ivan, die Hände in den Hosentaschen, davonschlenderte, stand Penny noch immer ratlos und verdutzt da. Robin bellte ihm nach.

Ivan drehte sich um und winkte. „Tschüss, Hunde, ciao, Penny!“

Etwas fiel Penny sofort auf. Sowohl Milli, als auch Robin wedelten mit dem Schwanz. Das war ein gutes Zeichen. Ivan schien ihnen zu gefallen. Trotzdem, er hat mich richtig ausgehorcht!, fiel Penny erst jetzt auf. Und vielleicht ist das ein Trick oder so!

Sie blickte auf die Uhr. Jetzt musste sie sich beeilen, denn nun kam der schönste Teil des Samstags – ihr Besuch auf dem Reiterhof von Ingemar Aringer. Er hatte ihr versprochen, dass sie heute Sturmwind, sein bestes Pferd, ausreiten dürfte. Es war ein elfjähriger Hannoveranerhengst. Ein Spitzenpferd, wie es nur wenige gab.

Viele Neuigkeiten auf dem Gestüt

Ingemar Aringer wurde von vielen Leuten für einen seltsamen Kauz gehalten. Wahrscheinlich lag das daran, dass er gewohnt war, immer nur das zu tun, was er wollte und was er für richtig hielt. Ob das seiner Umgebung passte, war ihm herzlich egal. Er gab wenig auf die Meinung Fremder

Kenner bezeichneten seinen Reiterhof als „Krämerladen". Herr Aringer sammelte nämlich Pferde wie andere Leute Antiquitäten sammelten. Er spezialisierte sich dabei nicht auf eine bestimmte Rasse, und so stand in seinem Stall ein Lipizzaner neben einer Haflingerstute und ein dickes Shetlandpony neben dem Hannoveranerhengst Sturmwind. Zu seiner Pferdefamilie, wie Herr Aringer zu sagen pflegte, gehörten außerdem Leo, ein Apfelschimmel, der früher ein Zirkuspferd gewesen war, das Dressurpferd Leonie und das Westernpferd Jim.

Der Besitzer des Gestüts war ursprünglich Rechtsanwalt gewesen, hatte zahlreiche große Prozesse gewonnen und dabei viel Geld verdient. Mit fünfzig Jahren beschloss er dann, sich zurückzuziehen und sich seinen größten Wunsch zu erfüllen: Er kaufte ein Gestüt und begann ein Pferd nach dem anderen zu erstehen. Seine Frau war darüber so entsetzt, dass sie sich scheiden ließ. Sie wollte auf keinen Fall das Haus in Wien verlassen, um aufs Land zu ziehen. Seitdem waren zwanzig Jahre vergangen, in denen der ehemalige

Anwalt nicht ein einziges Mal seinen Entschluss bereut hatte.

Früher war Penny, die eine begeisterte Reiterin war, oft auf dem Gestüt gewesen. Mit fünf Jahren hatte sie ihr Vater zum ersten Mal auf ein Pferd gesetzt, und bald war das Reiten ihr Lieblingshobby geworden, das sie am intensivsten und ausgiebigsten betrieb. Penny ritt gut, interessierte sich aber nur wenig für Turniere, weil diese sich mehr und mehr zu einem gefährlichen und hoch bezahlten Sport entwickelten.

„Hallo, Penelope, du Freude meiner alten Augen!", begrüßte Ingemar Aringer sie überschwänglich.

Außer ihm nannte sie nur noch ihr Vater hin und wieder bei ihrem richtigen Namen, den sie ihrer Mutter verdankte. Diese hatte nämlich kurz vor Pennys Geburt die Abenteuer des Odysseus gelesen und ihre Tochter nach der treuen Ehefrau des Seefahrers benannt.

„Ich will sofort erfahren, wieso du mich in diesem Sommer so vernachlässigt hast!", schimpfte der Gestütsbesitzer scherzhaft.

Penny deutete auf den hechelnden Robin und auf Milli, die wie eine Diva in dem Körbchen am Fahrradlenker thronte. „Die beiden sind der Grund. Aber das ist eine lange Geschichte, und bevor ich sie Ihnen erzähle, muss ich unbedingt jemanden begrüßen. Glauben Sie, er erkennt mich überhaupt noch?"

Herr Aringer zuckte die Schultern. „Ich weiß nicht. Das musst du schon selbst ausprobieren. Er ist im Augenblick allerdings ein wenig missmutig, weil ich ihn in der Früh mit den anderen von der Koppel geholt habe.

Der Hufschmied war da und musste ihn und einige andere Pferde neu beschlagen."

Penny hörte nicht mehr richtig zu, lehnte ihr Rad an die Wand des Wohnhauses und lief über den Hof zum Stall. Sie zog die Tür auf, und die warme, etwas scharf riechende Stallluft schlug ihr entgegen. Robin und Milli waren ihr gefolgt und spähten neugierig in den lang gestreckten Raum, in dem sich eine Box an die andere reihte.

Penny war plötzlich ganz aufgeregt. Und ihr Herz schlug schneller, als sie rief: „Hallo, Sturmwind, ich bin es!"

Sofort ertönte lautes Wiehern aus der letzten Box. „Er hat mich wieder erkannt. Er weiß noch immer, wer ich bin!", jubelte Penny.

Herr Aringer lächelte. „Jaja, und er freut sich auch auf einen Ausritt mit dir. Seit Fritz fort ist, kümmert sich niemand mehr so richtig um ihn."

„Fritz ist fort?" Penny konnte es nicht glauben. Fritz war Pferdepfleger und Reitlehrer auf dem Gestüt gewesen. Er hatte viele Jahre lang die Pferde gepflegt, ausgebildet, trainiert und passende Reiter für sie ausgesucht. Nebenbei gab er auch Reitunterricht für Kinder und Jugendliche.

Herr Aringer nickte betrübt. „Ja, vor zehn Tagen ist er gegangen. Er hat fristlos gekündigt, ohne Begründung. Ich stand plötzlich allein da. Du kannst dir vorstellen, was das bedeutet hat."

Ja, das konnte sich Penny gut vorstellen.

Mittlerweile hatte sie den Stall durchquert, jedes Pferd kurz begrüßt und ihm den Nasenrücken gestreichelt und war nun bei Sturmwind angelangt. Da stand er, der edle Hengst mit dem glänzenden Fell, den wachen Augen und den spitzen Ohren.

„Sturmwind, lieber Sturmwind!“, rief Penny und schmiegte ihre Wange an den Hals des Pferdes.

Milli und Robin wurden gleich eifersüchtig. Die Lhasa-Hündin fing sogar zu kläffen an. Als Penny aber nur leise mit ihr schimpfte, weil sie Sturmwind erschreckt hatte, zog der kleine, schwarze Hund den Schwanz ein und trippelte beleidigt nach draußen.

Penny bemerkte es gar nicht. Sie war viel zu sehr mit Sturmwind beschäftigt, der sie sanft mit den Nüstern anstieß und freudig wieherte.

Sturmwind galt unter Pferdekennern als Springtalent und hatte auch schon zahlreiche Turniere gewonnen. Wenn Penny auf ihm ritt, dann bildeten sie eine Einheit. Einer konnte sich auf den anderen verlassen. Das hatte das Mädchen noch nie bei einem anderen Pferd erlebt. Als Sturmwind im Jahr zuvor von Herrn Aringer ersteigert worden und auf den Hof gekommen war, war es für beide so etwas wie Liebe auf den ersten Blick gewesen. Leider hatte Penny nicht genügend Zeit, um den Hengst regelmäßig zu reiten. Umso größer war ihre Freude, dass sie – wann immer sie wollte – auf Sturmwind ausreiten durfte.

„Ich frage mich immer noch, was in Fritz gefahren ist“, fuhr der Gestütsbesitzer fort. „Ich begreife einfach nicht, wieso er das getan hat!“

„Und wer kümmert sich jetzt um die Pferde? Wer gibt Reitunterricht?“, fragte Penny.

Die Stalltür ging auf, und ein hoch aufgeschossener

junger Mann in Jeans, Westernstiefeln und einem karierten Hemd trat ein. Er hatte langes braunes Haar und ein weiches, verträumtes Gesicht.

„Thorsten hat mir sehr geholfen. Er hat fast den ganzen Sommer bei mir verbracht“, sagte Herr Aringer. Als er Pennys fragendes Gesicht bemerkte, fügte er erklärend hinzu: „Thorsten ist mein Sohn. Er ist bei seiner Mutter aufgewachsen und studiert jetzt in Wien.“

Der junge Mann kam näher und lächelte Penny freundlich an. Als sie ihm die Hand zum Gruß entgegenstreckte, nahm er sie mit beiden Händen und drückte sie sanft. „Ich freue mich, dich kennen zu lernen, Penny“, sagte er. „Vater hat oft von dir erzählt. Und nur das Beste!“

Penny wurde rot. Komplimente waren ihr immer peinlich. Beschämt blickte sie zu Boden.

„Thorsten ist der neue Besitzer von Sturmwind“, sagte Herr Aringer. Penny erschrak.

„Keine Sorge, Vater hat mir das Pferd nur unter der Bedingung geschenkt, dass du jederzeit darauf reiten darfst. Daran halte ich mich!“, versicherte Thorsten.

Penny atmete erleichtert auf.

Wieder betrat jemand den Stall. Es war eine zierliche Frau mit pechschwarzem Haar, das sie auf dem Hinterkopf zu einem straffen Knoten aufgesteckt hatte. Ihre Haltung war ein wenig steif, und beim Gehen zog sie das linke Bein nach.

„Penny, das ist Tatjana Malkowsky“, stellte Herr Aringer vor. „Sie war früher Dressurreiterin und arbeitet jetzt hier als Reitlehrerin. Außerdem hilft sie mir bei der Ausbildung der Pferde.

Tatjana reichte Penny steif die Hand. „Guten Tag“, sagte sie, und verzog dabei keine Miene. „Herr Aringer, ich muss Sie noch einmal darauf hinweisen, dass ich mich nicht in der Lage sehe, das Westernpferd und Sturmwind ausreichend zu trainieren. Sie müssen noch jemanden dafür einstellen.“

„Würde ich ja gerne, aber es ist nicht so einfach, jemanden zu finden. Zum Glück hat jedes Pferd einen Stammreiter, wenn auch einige in letzter Zeit ausgefallen sind“, erwiderte der Gutsbesitzer seufzend.

„Hast du Lust auf einen Ausritt, Penny?“, fragte Thorsten.

Das Mädchen stimmte begeistert zu. Allerdings fiel ihr jetzt wieder ein, dass sie nicht allein gekommen war. Sie blickte zu Robin, der neben ihr saß und den Kopf seltsam eingezogen hatte. Normalerweise bedeutete das bei ihm, dass er misstrauisch war und jemanden nicht mochte. Tatjana gefällt ihm wahrscheinlich nicht, dachte Penny.

Herr Aringer schien Pennys Gedanken zu erraten und sagte: „Deine beiden Hunde können gerne bei mir bleiben. Wir werden uns bestimmt gut verstehen!“

„Danke, sehr nett!“, sagte Penny und wandte sich den Hunden zu. Sie zeigte auf den kleinen, drahtigen Gestütbesitzer, der wie immer sehr korrekt gekleidet war. „Robin, du bleibst bei Herrn Aringer, ich komme zurück!“, schärfte sie ihm ein. Der Berner Sennenhund stellte die Hängeohren ein wenig auf und blickte das Mädchen fragend an. Muss das sein?, bedeutete sein Blick. Penny nickte. „Ja, Robin, ich habe zu große Angst, dass du einem Pferd vor die Hufe springst.“

Dann holten Thorsten und sie Sattel und Zaumzeug und machten ihre Pferde für den Ausritt fertig. Penny durfte Sturmwind reiten, Herrn Aringers Sohn wählte Leo. „Den habe ich noch nie geritten!“, sagte er.

Penny grinste. Wer auf Leo ritt, der erlebte sein blaues Wunder!

Großes Misstrauen

Als Penny auf Sturmwinds Rücken saß, wurde ihr bewusst, wie sehr sie das schöne Warmblutpferd vermisst hatte. Aber der Sommer hatte zu viele Überraschungen für sie bereitgehalten und sie Sturmwind vernachlässigen lassen.

„Entschuldige, alter Knabe. Wird nie wieder vorkommen!“, flüsterte Penny ihm ins Ohr und tätschelte seinen Hals. Dann ritten sie los. Es war, als wäre sie nie fort gewesen, so vertraut waren Pferd und Reiterin miteinander. Sturmwind verstand die sanfteste Hilfe.

Sie verließen den Hof und ritten ein kleines Stück auf der Landstraße. Als das erste Verkehrszeichen auftauchte, warf Penny einen Blick nach hinten zu Thorsten und Leo. Es kam, wie sie es erwartet hatte: Leo sah das Schild, blieb stehen und klopfte mit dem rechten Huf auf den Asphalt. Thorsten wunderte sich nur und versuchte das Pferd anzutreiben, aber Leo blieb stur. „Du musst ihn fertig rechnen lassen“, rief Penny.

„Was?“ Thorsten verstand kein Wort.

Die Sache war die: Leo war einst im Zirkus als rechnendes Pferd aufgetreten. Das Publikum konnte ihm verschiedene leichte Rechenaufgaben zurufen, die der Dresseur auf eine Tafel schrieb und dem Pferd vor die Nase hielt. Leo klopfte das Ergebnis mit dem Huf auf den Boden.

Der Trick bestand in der Form der Tafel. Der Dresseur hatte zehn verschiedene Tafeln, und je nachdem, was bei der Aufgabe herauskam, wählte er die entsprechende Tafel. An ihr erkannte Leo, wie oft er scharren musste. Deshalb veranlassten ihn viele Verkehrszeichen zu einer Rechenvorführung. Wer ihn öfter geritten hatte, wusste das. Thorsten war darauf hereingefallen.

Penny beschloss, ihm noch einen zweiten Streich zu spielen, und rief: „Leo, sitz!" Sofort ließ sich das Pferd auf die Hinterhand nieder, und Thorsten wäre beinahe aus dem Sattel gerutscht.

„Spinnst du?", rief er wütend und gab Leo mit einem Klaps zu verstehen, dass er sich wieder erheben sollte. Penny konnte sich das Lachen nicht verkneifen. „Sehr witzig!", knurrte Thorsten, als er wieder fest im Sattel saß.

„War doch nur ein kleiner Scherz!", meinte Penny.

Thorstens Zorn war schnell verflogen. Sie bogen in den Wald ab, denn Penny wusste, dass Sturmwind diese Strecke liebte. Sie führte über einen breiten Forstweg zu einem kleinen Hügel, den der Hannoveraner immer wieder als Herausforderung ansah. Oben auf dem Hügel wuchsen einige Hecken, die Penny mit Sturmwind schon mehrere Male übersprungen hatte. Auch an diesem Samstag zeigte der Hengst wieder einmal, welches Talent in ihm steckte. Im Galopp stürmte er auf das grüne Hindernis zu, setzte zum Sprung an, und überwand die Hecke mit einem gewaltigen Satz. Es war für Penny das höchste der Gefühle, mit Sturmwind durch die Luft zu fliegen, nicht zuletzt, weil sie so gut aufeinander eingespielt waren.

Nach ein paar weiteren Sprüngen ritt sie mit Thorsten wieder zurück. Den Forstweg bis zur Landstraße legten sie im Galopp zurück. Penny musste ein wenig auf Thorsten warten, denn Leo zählte nicht gerade zu den Schnellsten.

„Alle Achtung, du und Sturmwind, ihr seid wirklich ein Traumpaar!“, lobte Thorsten sie.

„Schade, dass er nicht mehr an Springturnieren teilnimmt“, meinte Penny. „Mit dem richtigen Trainer und einem passenden Reiter hätte er bestimmt Siegeschancen. Aber dein Vater hält nicht viel von Turnieren.“

Thorsten nickte. „Ich aber schon“, meinte er.

„Wirst du mit Sturmwind bei einem Turnier antreten?“, fragte Penny.

Thorsten wollte sich dazu nicht äußern und erwiderte nur ausweichend: „Vielleicht!“

Penny wurde einfach nicht schlau aus ihm. Er sah unglaublich gut aus, aber wirklich herzlich war er nicht. Vielleicht kannte sie ihn auch nicht gut genug und tat ihm Unrecht.

Als sie auf dem Gestüt ankamen, wurden sie von Milli und Robin bereits ungeduldig erwartet. Der Sennenhund wollte schon vor Freude über die Rückkehr seines Frauchens losbellen, aber Penny rief: „Still!“, und augenblicklich verstummte er und wedelte nur mit dem Schwanz. Milli aber gehorchte nicht und kläffte, was das Zeug hielt. Sturmwind tänzelte unruhig hin und her. Schnell stieg Penny ab und führte den Hengst in den Stall. Sie nahm Sattel und Zaumzeug ab, führte ihn in die Box und rieb das nass geschwitzte Fell mit Stroh trocken.

Hinter ihr tauchten Robin und Milli auf, hockten

sich gleichzeitig hin und blickten ihr Frauchen vorwurfsvoll an. Wann würde es sich endlich wieder mit ihnen beschäftigen! Penny schmunzelte über die Eifersucht der Hunde und holte aus der Tasche ihrer Jacke ein paar Hundekekse, die sie an die beiden verteilte.

Während das Mädchen die Hunde kraulte, wurden vor der offenen Stalltür plötzlich Stimmen laut. Herr Aringer und sein Sohn schienen sich zu streiten.

„Thorsten ... was soll das? Wieso hast du sechstausend Euro von meinem Bankkonto überwiesen? Wer ist der Empfänger dieses Geldes? Ich kenne keinen Paul Lavant!“, sagte Herr Aringer heftig.

„Vater, bitte, keine unnötige Aufregung! Du hast mir Sturmwind geschenkt. Dein kostbarstes und wertvollstes Pferd. Du selbst hast mir immer eingeschärft, dass man für sein Eigentum gut sorgen soll. Deshalb habe ich das Pferd versichern lassen.“

„So hoch? Das ist doch wahnwitzig!“, tobte der ehemalige Anwalt.

„Ist es nicht. Paul Lavant ist ein Freund aus Wien. Er ist Versicherungsagent und hat mir einen Sonderpreis gemacht. Außerdem habe ich dir von der Versicherung erzählt!“

„Hast du nicht!“, rief Herr Aringer. „Ich hätte niemals zugestimmt!“

„Du hast ausdrücklich ja dazu gesagt, du erinnerst dich jetzt nur nicht mehr daran. Außerdem werde ich dir das Geld zurückzahlen, sobald ich kann. Ehrenwort. Ich wollte dich über die Überweisungen informieren. Aber leider habe ich es vergessen, weil alles so rasch gehen musste. Dachtest du, ich wollte es dir verheimlichen? Das ist doch Quatsch. Du siehst schließlich auf dem Kontoauszug, dass das Geld abgebucht wurde."

„Thorsten, hast du meine Unterschrift dafür gefälscht?", fragte Herr Aringer. Seine Stimme klang ungewohnt scharf.

„Natürlich nicht. Du hattest so einen unterschriebenen Zahlschein in deiner Schreibtischschublade. Den habe ich benutzt!", erwiderte sein Sohn gelassen. Er schien überhaupt kein schlechtes Gewissen zu haben.

„Tu das nie wieder!", warnte ihn Herr Aringer.

Penny war es unangenehm, dass sie die beiden belauscht hatte. Andererseits waren Thorsten und sein Vater selbst daran schuld. Sie hätten ja leiser reden können.

Penny verließ mit Milli und Robin den Stall. Die beiden Hunde freuten sich offensichtlich, ihr Frauchen wieder ganz für sich zu haben.

Herr Aringer war bereits im Haus verschwunden. Deshalb verabschiedete sich Penny nur bei Thorsten.

„Manchmal geht mir der Alte ziemlich auf die Nerven. Nörgelt an mir herum, wann immer er kann. Er hätte sich besser früher um mich kümmern sollen, als ich ihn wirklich gebraucht habe!", brummte Thorsten unmutig.

„Wie alt bist du eigentlich?", wollte Penny wissen.

„Dreiundzwanzig. Und du?"

„Fast vierzehn!", erwiderte Penny.

„Sind deine Eltern auch geschieden?", wollte Thorsten wissen.

Penny schüttelte den Kopf.

„Sei froh. Das erspart dir jede Menge Probleme. Manchmal hasse ich die beiden für das, was sie mir angetan haben!", sagte er, drehte sich um und verschwand im Stall.

Einfach schien Thorsten es nie gehabt zu haben. Das war klar. Trotzdem wusste Penny nicht, was sie von ihm halten sollte. Er sah umwerfend gut aus und machte im ersten Augenblick auch einen besonders freundlichen Eindruck. Trotzdem störte sie etwas an ihm, das sie nicht erklären konnte.

Aber tat sie Thorsten nicht sehr Unrecht? Sie kannte ihn doch kaum. Außerdem war Herr Aringer tatsächlich sehr vergesslich. Sie selbst hatte deswegen bereits mehrmals Auseinandersetzungen mit ihm gehabt. Vielleicht sollte sie Thorsten einer genauen Prüfung unterziehen? Bei diesem Gedanken huschte ein Lächeln über ihr Gesicht.

Penny warf einen Blick auf ihre Armbanduhr. Es war bereits nach vier und höchste Zeit, nach Hause zu fahren. Da Herr Aringer sich nicht mehr blicken ließ, holte sie ihr Fahrrad. Gerade als sie losfahren wollte, rief eine Stimme hinter ihr: „Mädchen, einen Augenblick!"

Penny drehte sich um und sah Tatjana auf sich zukommen. Die Frau hatte gerötete Augen und wirkte irgendwie traurig. Sie packte Penny an den Schultern, drückte sie kameradschaftlich und sagte: „Ich habe dich beobachtet. Du bist eine gute Reiterin und verstehst was von Pferden. Alle Achtung. Es ist für mich immer eine große Freude, ein junges Talent zu sehen. Sturmwind und du, ihr gehört zusammen!" Sie zwinkerte Penny aufmunternd zu und entfernte sich hinkend.

Penny zuckte die Schultern und dachte: Unverhofftes Lob kommt nicht oft und tut besonders gut!

In Deckung, Tante Dagmar kommt!

Als Penny zu Hause eintraf, saßen ihre Brüder in der Küche und starrten trübsinnig vor sich hin. „Was ist los?“, fragte sie. „Ist etwas passiert?“

Romeo und Kolumbus konnten sich die Antwort ersparen, denn Tante Dagmar stapfte mit forschen, schnellen Schritten zur Küchentür herein und rief: „Penny, lass dich ansehen!“

Das Mädchen drehte sich im Zeitlupentempo um und stand einer kleinen, äußerst korpulenten Frau gegenüber. Ihr dauergewelltes Haar hatte einen praktischen Kurzhaarschnitt. Sie trug eine Bluse und einen Rock aus knitterfreiem Stoff, die sie nicht bügeln musste.

Tante Dagmar war bis vor drei Jahren Lehrerin an einem Gymnasium gewesen. Doch dann hatte sie einen wohlhabenden Arzt geheiratet und, zur Freude vieler Schüler, den Schuldienst quittiert. Das ständige Belehren und Ausfragen hatte sie sich allerdings nicht abgewöhnen können. Alles musste nach ihren Kopf gehen. Das war schon immer so gewesen, auch damals, als sie und Matthias Moosburger noch Kinder waren. Frau Moosburger hatte Tante Dagmar absichtlich nicht informiert, dass sie beabsichtigte, für mehrere Wochen, vielleicht sogar Monate, nach Afrika zu reisen. Sie wusste, dass ihre Schwägerin dann sofort kommen würde, und gerade das wollte sie verhindern. Aber Tante Dagmar wäre nicht Tante Dagmar, hätte sie nicht schließlich doch alles selbst herausgefunden.

„Kind, wie siehst du nur aus?“, rief sie, nachdem sie Penny an ihren üppigen Busen gedrückt hatte und nun mit ausgestreckten Armen festhielt, um sie von Kopf bis Fuß zu mustern. „Achtest du denn gar nicht auf dich? Der Pulli ist ausgeleiert, an der Jacke fehlt ein Knopf, und außerdem riechst du nach Stall. Wie willst du je einen Mann finden, wenn du nicht auf dich achtest!“

Penny wollte ihre Tante schon darauf aufmerksam machen, dass schließlich auch sie trotz ihres wenig attraktiven Aussehens einen Mann gefunden hatte. Doch da kam gerade ihr Vater herein, und so ließ sie es lieber bleiben.

„Was machen die Hunde da?“, kreischte die Tante entsetzt, als sie Milli und Robin erblickte. „Schaff sie zurück in den Käfig, Matthias! Das sind doch Patienten von dir, oder?“

„Nein, das sind meine Hunde!“, antwortete Penny bestimmt. „Und die kommen in keinen Käfig!“

„Da irrst du dich aber, junge Dame!“, rief Tante Dagmar. Sie hatte die Angewohnheit, alles so zu sagen, dass es wie ein Befehl klang, dem man sich nicht zu widersetzen traute. „Ich habe eine Allergie gegen Hundehaare und möchte wirklich nicht den ganzen Tag mit triefender Nase und geröteten Augen herumlaufen. Die Hunde oder ich, ihr habt die Wahl!“

„Die Hunde!“, riefen Romeo und Kolumbus wie aus der Pistole geschossen.

„Matthias, was hast du da großgezogen?“, rief die Tante entrüstet. „Es ist unglaublich. Ich komme, um euch unter die Arme zu greifen, und werde nur beleidigt. Aber bitte, wenn ihr meine Hilfe nicht nötig habt, hätte ich mir die Bahnkarte wirklich sparen können.“

Dr. Moosburger, der mittlerweile über vierzig war, hatte vor seiner Schwester noch immer größten Respekt. „Nein, nein, Dagmar, die Kinder haben das nicht so gemeint“, versuchte er einzulenken. „Bitte nimm es ihnen nicht übel. Ich bin froh, dass du hier bist, und wir werden sicher eine Lösung finden. Vielleicht reagierst du gar nicht allergisch.“

„Aber eines sage ich gleich: In der Küche haben die Hunde nichts verloren. Wieso gibt es keine Hundehütte?“

„Weil beide Hunde es gewohnt sind, im Haus zu leben“, erklärte Penny geduldig. Sie wunderte sich selbst über ihre Gelassenheit.

„Von mir aus können sie sich in deinem Zimmer aufhalten, aber auf keinen Fall in der Küche. Das ist unhygienisch“, erwiderte die Tante.

Dr. Moosburger spürte, dass ein Krach bevorstand, und sagte deshalb schnell: „Ich … ich muss noch rasch zu Patienten fahren. Ein Notfall. Penny, komm doch bitte mit. Wenn wir zurückkommen, freuen wir uns bestimmt auf ein leckeres Abendessen. Tante Dagmar war schon immer eine gute Köchin.“

Tante Dagmar nickte energisch, und der Tierarzt scheuchte seinen Nachwuchs aus der Küche.

Im Vorzimmer zischte er den dreien streng zu: „Ich verbiete euch, meine Schwester so zu behandeln. Ohne sie wären wir aufgeschmissen. Seid froh, dass sie gekommen ist.“

Romeo, Kolumbus und Penny wussten, dass im Augenblick jeder Widerspruch zwecklos war, und zogen es vor, artig zu nicken.

Als Penny dann mit ihrem Vater im Jeep saß, wollte sie wissen, zu wem sie überhaupt fuhren. „Die Dame heißt Linda Paletti. Ich kenne sie nicht. Sie hat dringend um meinen Besuch gebeten und sofort gesagt, dass sie gerne den Wochenendzuschlag bezahlt. Angeblich geht es um Leben und Tod!“

Penny bereute es sogleich, nicht daheim geblieben zu sein. Eine zweite Tiertragödie konnte sie heute nicht verkraften. Wirklich nicht! Der Ritt auf Sturmwind hatte sie auf andere Gedanken gebracht. Sie wollte jetzt einfach kein Leid mehr sehen. Es war allerdings zu spät, um auszusteigen. Ihr Vater fuhr bereits über die Landstraße, und zu Fuß zurücklaufen wollte Penny auch nicht. Dazu war sie zu müde.

Penny nutzte die Fahrt, um sich vorsichtig an das Thema Haushalt heranzutasten. Sie wusste, dass man ihrem Vater viele Sachen nur ganz schonend beibringen konnte.

„Paps, sag ... was hältst du eigentlich davon, wenn wir uns einen Butler zulegen?“

„Butler? So etwas haben nur englische Lords!“, lachte der Tierarzt.

„Na ja, vielleicht ist Butler das falsche Wort. Sagen wir einen Haushälter. Wie findest du das?“

Dr. Moosburger runzelte die Stirn. „Haushälter? So etwas gibt es nicht. Ich kenne keinen Mann, der freiwillig waschen, putzen und kochen würde.“

„Ich aber!“, platzte Penny heraus.

Ihr Vater legte vor Überraschung den falschen Gang ein, und das Getriebe kreischte laut. „Was willst du damit sagen?“

Was Penny ihm nun erzählte, passte überhaupt nicht in das Bild, das Dr. Moosburger sich von einem dienstbaren Geist im Haushalt machte.

„Ich kenne jemanden, der unseren Haushalt führen würde“, fuhr Penny fort. Sie spürte, dass sie sich zu weit vorgewagt hatte. Die Sache mit Tante Dagmar war noch nicht vergessen.

„Wer ist das?“, wollte ihr Vater wissen.

„Er heißt Ivan und ist Koch. Er ... ist ... nett, aber sieht ein bisschen ungewöhnlich aus.“

„Wie meinst du das?“

„Na ja ... er hat grüne Haare und einen Irokesen-Schnitt. Und dann trägt er noch Ohrringe ... große Ohrringe!“

„Der kommt mir nicht ins Haus! Lieber lasse ich mich von meiner Schwester herumkommandieren!“

„Warum? Nur weil Ivan keinen Mittelscheitel hat und keine Streberbrille trägt?“, brauste Penny auf. „Ausgerechnet du schaust auf Äußerlichkeiten? Du, der du nur zwei Hosen, zwei Pullis und vier Hemden besitzt, weil du mehr für überflüssigen Luxus hältst? Du, der manchmal aussieht wie ein Landstreicher, der in einer Mülltonne übernachtet hat?“

„Penelope, es reicht!“, sagte Dr. Moosburger streng. „Ich habe das Gefühl, mich in den letzten Wochen zu wenig um euch gekümmert zu haben. Ihr seid außer Rand und Band geraten. Euch fehlt die starke Hand.“

Penny wollte etwas sagen, aber ihr Vater ließ sie nicht zu Wort kommen. „Schluss, Ende. Ich will nichts mehr hören. Ich bin über deine Respektlosigkeit entsetzt!“

Ich glaube, ich brauche ein zweites rotes Tagebuch, dachte Penny. Das eine schreibe ich heute Abend voll. Das halte ich ja alles im Kopf nicht aus!

Matthias Moosburger hielt vor einem flachen, weißen Bungalow. Die Haustür flog auf und eine junge Frau mit kupferrotem Haar eilte ihm entgegen. Sie war in einen wallenden Umhang gekleidet und hatte einen giftgrünen Seidenschal um die Stirn geschlungen, dessen Enden beim Laufen hinter ihr herflatterten

„Doc, bitte schnell! Ein Notfall. Meine armen Katzen ...!“

Penny drehte sich zu Robin und Milli um und sagte: „Ihr bleibt im Auto. Falls die Katzen nicht an Hunde gewöhnt sind, könnten sie durchdrehen." Dann stieg sie mit ihrem Vater aus, der sie sogleich Frau Paletti vorstellte.

„Ist bei Ihnen eingebrochen worden?", fragte Penny, als sie das Haus betreten hatten.

„Nein, wieso?", wollte die Frau wissen.

„Weil hier gar keine Möbel stehen."

Tatsächlich waren alle Zimmer unmöbliert. Nur im größten Raum befanden sich eine einfache Liege und ein Schrank. Dafür aber hingen überall weiße Leinwände, wie sie Maler benutzten. Auf manche war nur ein Farbklecks gesetzt, andere waren wild beschmiert oder an manchen Stellen aufgeschlitzt.

„Ich bin sicher, Sie haben schon von mir gehört!", sagte die Frau zu Dr. Moosburger und brachte ihn damit in große Verlegenheit. Der Name Linda Paletti sagte ihm gar nichts. War die Frau Schauspielerin oder Sängerin oder…?

„Ich bin Malerin und hatte in letzter Zeit sehr erfolgreiche Ausstellungen in New York, Tokio, Paris, London und Hamburg!", erklärte sie dem Tierarzt. „Einige meiner Kunstwerke können Sie hier bewundern. Ich benütze das Haus als Sommeratelier."

„Und was ist mit Ihren Katzen?", fragte Dr. Moosburger.

„Sie müssen ihnen helfen. Sie scheinen eine schöpferische Krise zu haben!", erklärte die Malerin.

„Eine was?" Der Tierarzt glaubte, sich verhört zu haben.

„Eine schöpferische Krise“, wiederholte Frau Paletti und zeigte auf drei gut genährte Tigerkatzen, die träge auf der Liege lagen und nicht einmal blinzelten, als der Besuch auftauchte. „Vor einem Monat habe ich das künstlerische Talent meiner Katzen entdeckt. Ich hatte einige weiße Leinwände auf dem Boden stehen und rührte Farben an. Zu Probezwecken kleckste ich sie auf Zeitungspapier, das auf dem Boden ausgebreitet war. Als ich ans Telefon musste, ist es passiert: Zuerst hat Marie-Antoinette zu malen begonnen. Sie ist mit den Vorderpfoten in die Farbe getreten und ist damit schwungvoll über die Leinwand gefahren. Dabei sind ausgesprochen kunstvolle Motive entstanden. Später haben es Ludwig der XIII. und Caroline von Monaco ihr nachgemacht. So entstanden in kurzer Zeit fast alle Bilder, die Sie hier sehen.“

Nun konnte sich Penny die Risse in der einen oder anderen Leinwand erklären. Die Katzen hatten mit ausgefahrenen Krallen darüber gekratzt und den Stoff dabei aufgeschlitzt.

„Ich musste nur die Farben und die Leinwände bereitstellen. Einige Stunden später waren die neuen Kunstwerke fertig. Galerien bieten mir dafür ein Vermögen, und für morgen hat sich das Fernsehen angesagt. Wenn aber meine Katzen nicht malen, dann werden alle denken, ich wäre eine Betrügerin. Das hätte verheerende Folgen. Bitte tun Sie etwas, Doc!“

Penny sah ihrem Vater an, dass er nicht nur ratlos, sondern auch fassungslos war. So etwas war ihm noch nie untergekommen. Sie ließ ihn vorläufig mit den Katzen allein und streifte langsam durch den Raum. Von

der Decke hingen Fliegenstreifen, an denen hunderte Fliegen klebten. Penny hasste diese unappetitlichen Fliegenfallen.

„Die Fliegenplage in diesem Sommer habe ich einfach nicht mehr ausgehalten, und deshalb musste ich die Streifen aufhängen“, entschuldigte sich die Künstlerin. „Sieh dir das an, sie hängen erst wenige Tage und sind schon voll. Igitt! Aber immer noch besser als Gift! Und nun zu Ihnen, Doc. Was sagen Sie zu meinen vierbeinigen Künstlern? Was raten Sie mir?“

„Äh … also … Frau Paletti … ich …!“, stotterte Dr. Moosburger.

„Was werden Sie jetzt machen? Können Sie den Katzen vielleicht eine Spritze geben, die sie wieder auf Trab bringt?“

Der Tierarzt wehrte energisch ab. „Nein, nein, das würde nichts nützen. Ich … also ich … bin im Augenblick überfragt!“

Die Malerin jammerte theatralisch: „Oh, nein, das können Sie mir nicht antun!“

Dr. Moosburger suchte verzweifelt nach einer Ausrede. „Ich werde in der Fachliteratur nachsehen“, versprach er.

Frau Paletti war zwar damit nicht ganz zufrieden gestellt, nickte aber verständnisvoll. Schließlich handelte es sich um einen ungewöhnlichen Fall!

Plötzlich aber hatte der Tierarzt eine Idee. Er ließ sich die Farben zeigen, mit denen die Katzen malten. Nein, die waren auch nicht schuld an der schöpferischen Krise der Tiere. Sie waren völlig ungiftig und ungefährlich. Dr. Moosburger hatte einen Moment lang vermutet, dass die Katzen daran geleckt und sich vergiftet hatten.

„Nein, nein, nein, ich wasche ihnen immer gleich die Pfoten, so wie ich auch meine Pinsel auswasche“, erklärte die Künstlerin. „Ach wissen Sie, wenn ich eine künstlerische Schlappe habe, dann trinke ich ein Gläschen Champagner, schlürfe Austern, esse Kaviar und verwöhne mich mit dem besten Konfekt.“

Das sieht man!, dachte Penny mit einem kritischen Blick auf die üppige Figur, die Frau Paletti unter dem wallenden Gewand versteckte. „Aber keine dieser Köstlichkeiten schmeckt meinen Katzen. Ich bin verzweifelt. Vielleicht kommt ihre Abgeschlafftheit davon, dass sie nur Dosenfutter fressen.“

Dr. Moosburger unterdrückte mit Mühe ein Grinsen. Jeden Tag hatte er mindestens einen Tierbesitzer in der Praxis, der jammerte, dass seine Katze kein Dosenfutter anrührte, und Frau Paletti beschwerte sich über das Gegenteil. Er versprach, alles zu tun, was in seiner Macht stand, und verabschiedete sich.

„Ich werde von nun an neben dem Telefon sitzen und auf Ihren Anruf harren!“, rief ihm die Malerin von der Haustür aus zu.

Im Jeep sagte Penny: „Paps, ich weiß, wieso sie diesen Seidenschal um die Stirn gebunden hat.“

„Warum?“

„Damit der Kopf nicht aufspringt und das letzte bisschen Hirn ausrinnt!“

Vater und Tochter brachen in schallendes Gelächter aus, und die beiden Hunde auf der Ladefläche fielen mit freudigem Gebell ein.

Der große Krach

Im sonst so gemütlichen Wohnhaus der Moosburgers herrschte an diesem Abend dicke Luft. Romeo war stinksauer, weil Tante Dagmar ihn in die Badewanne gesteckt und eigenhändig abgeschrubbt hatte. „Als wäre ich ein Baby!“, schimpfte er. „Ich bin mir richtig entehrt vorgekommen!“, sagte er.

„Das ist was anderes, schau dir im Fernsehen nicht so viele Liebesfilme an. Dort lernst du nur Blödsinn!“, brummte Kolumbus.

Die beiden Brüder hatten sich mit Penny und den Hunden in den ersten Stock zurückgezogen und lungerten um den Wohnzimmerkamin, in dem aber noch kein Feuer brannte. Robin und Milli lagen links und rechts von Penny und ließen sich von ihr kraulen.

„Mir hat sie verboten, heute Abend auszugehen. Dabei bin ich verabredet“, jammerte Kolumbus. „Gerade als ich mit ihr gestritten habe, ist Papa dazugekommen und mir in den Rücken gefallen. Er sagt, es reicht, wenn ich mich mit Cornelia einmal am Tag treffe. Das würde er nie sagen, wenn Tante Dagmar nicht da wäre. Aber die schaut ihn nur einmal streng an, und schon geht er in die Knie!“

„Es muss etwas geschehen“, beschloss Romeo.

„Aber was?“, seufzte Penny.

Unten in der Küche trommelte Tante Dagmar mit dem Schneebesen auf einen leeren Topf und brüllte: „Essenszeit! Aber vorher Hände waschen!“

Robin und Milli sprangen sogleich auf und rasten die Treppe hinunter.

„Nein, nicht, bleibt da!", rief Penny, aber es war schon zu spät. Das Klopfen mit dem Schneebesen bedeutete für beide, dass es jetzt Futter gab. Penny hatte sie schon häufiger auf diese Weise gerufen, wenn sie im Freien herumtollten. Voll böser Ahnungen lief Penny hinter ihren Hunden her. Als sie in die Küche kam, saßen die beiden Hunde hechelnd vor Tante Dagmar. Diese war vor Schreck auf einen Sessel gestiegen, der unter ihrer beachtlichen Körperfülle bedrohlich krachte.

„Weg, raus, verschwindet. Ich dulde keine Hunde in der Küche!", kreischte sie und riss die Hände in die Höhe.

Robin hielt das für eine Aufforderung zu Liebesbezeugungen. Er stützte sich mit den Vorderpfoten auf dem Stuhl ab und begann, Tante Dagmars Beine abzulecken.

„Matthias!", brüllte die Frau hysterisch. Als ihr Bruder nicht innerhalb von drei Sekunden auftauchte, rief sie abermals nach ihm. Und diesmal überschlug sich die Stimme förmlich.

Dr. Moosburger raste aus der Praxis, wo er gerade seine kleine Tier-Apotheke aufgeräumt hatte, und stürzte in die Küche. Penny schob sich an ihm vorbei und zog Milli und Robin an den Halsbändern zurück. „Sie haben auch Hunger!", verteidigte sie ihre Hunde. „Ich werde ihnen gleich einmal ihr Futter anrichten."

„Aber nicht hier! Nicht in meiner Küche!", tobte Tante Dagmar.

„Das ist nicht deine Küche!“, fauchte Penny wütend.

„Solange ich euch den Haushalt mache, ist das meine Küche!“ Sie wandte sich ihrem Bruder zu: „Matthias, bring deiner Tochter bei, dass man Erwachsenen nicht widerspricht!“

„Paps hat mir beigebracht, dass ich mich nicht herumkommandieren lassen soll!“, sagte Penny patzig. „Vielleicht streitet er das jetzt in deiner Gegenwart ab, aber es stimmt. Zuerst denken und dann reden, hat er mir eingeschärft. Und wenn ich jetzt nachdenke, dann finde ich, dass du hier Terror machst. Wenn meine Hunde nicht erwünscht sind, dann bin ich es auch nicht. Ich gehe!“

Penny drehte sich um, pfiff dreimal kurz und einmal lang und verließ erhobenen Hauptes die Küche.

„Dafür wirst du dich entschuldigen!“, brüllte ihr Tante Dagmar mit hochrotem Gesicht hinterher.

Dr. Moosburger hob verzweifelt die Hände. Das war das Einzige, zu dem er im Augenblick fähig war. Penny hatte natürlich Recht, seine Schwester durfte sich nicht so aufführen. Aber es war wie verhext, er schaffte es einfach nicht, ihr zu widersprechen.

„Dagmar, bitte …“, setzte er an.

Draußen hörte er das Knirschen des Kieses und das Klappern eines Fahrrades. Er stürzte zur Tür und sah, wie Penny fortfuhr, Milli wie immer in ihrem Körbchen am Lenker. Aber wohin wollte sie?

Das Abendessen verlief wortlos. Romeo stocherte lustlos in den Nudeln herum und schob das Stück Rinderbraten angeekelt so nahe an den Tellerrand, dass es kippte und auf dem Tischtuch landete.

Kolumbus hob nur einmal den Kopf und erklärte: „Paps, ich muss dich nachher unter vier Augen sprechen." Dr. Moosburger nickte.

„Undankbares Pack!", schnaubte seine Schwester.

Das Telefon klingelte, und der Tierarzt sprang auf, um abzuheben. Er war froh, vom Tisch aufstehen zu können.

„Hallo, Paps, ich bin es, Penny!", meldete sich seine Tochter.

„Komm … komm sofort zurück!", sagte ihr Vater.

„Nein, das tue ich nicht. Ich bin hier an der Tankstelle und füttere gerade Milli und Robin. Der Tankwart hat doch auch einen Berner Sennenhund und hat mir Futter geschenkt. Dann fahre ich zu Herrn Aringer. Ich schlafe bei Sturmwind im Stall. Das wollte ich ohnehin schon lange tun. Vielleicht hat sich Tante Dagmar bis morgen beruhigt. Wenn nicht, dann bleibe ich noch länger bei Sturmwind."

Dr. Moosburger dachte eine Weile nach und akzeptierte schließlich Pennys Entschluss. Sie wusste meist selbst, was am besten für sie war.

„Übrigens, was bekomme ich, wenn ich dir sage, warum die Katzen nicht mehr malen?", fragte Penny.

Der Tierarzt traute seinen Ohren nicht. „Du weißt, was ihnen fehlt?"

„Ja, ich bin mir völlig sicher, aber ich möchte wissen, was ich bekomme, wenn ich es dir verrate."

„Äh … also … na ja … eine Bluse?"

„Paps, ich brauche keine Klamotten. Davon habe ich genug. Pass auf, wenn meine Vermutung richtig ist, dann habe ich einen Wunsch bei dir frei, abgemacht?"

Dr. Moosburger überlegte. Er wusste, dass die Wünsche seiner Tochter weder unbescheiden noch unvernünftig waren. Also stimmte er zu. „Und was denkst du?“

„Ganz einfach. Die Katzen haben natürlich nie gemalt. Sie haben Fliegen gefangen. Hier auf der Tankstelle gibt es auch eine Katze, und immer, wenn sich eine Fliege auf die weißen Kacheln setzt, schlägt sie mit der Pfote danach. Es gibt aber bei Frau Paletti kaum noch Fliegen, weil sie diesen widerlichen Leimstreifen aufgehängt hat. Das war ganz verkehrt. Sie braucht nämlich Fliegen. Die setzen sich gerne auf weiße Flächen, die Katzen versuchen sie zu fangen, und dabei ‚malen‘ sie. Es ist bestimmt so.“

Dr. Moosburger leuchtete das ein, und er bedankte sich für diesen Hinweis. Er wusste schon heute, dass einmal eine gute Tierärztin aus Penny werden würde. Nachdem er ihr eine gute Nacht gewünscht und aufgelegt hatte, rief er sogleich bei Frau Paletti an.

Es war bereits halb neun Uhr, als Penny auf dem Reiterhof eintraf. Das Gestüt lag völlig im Dunkeln, und außen an der Stallwand brannte eine einzige schwache Glühlampe. Scheinen schon alle zu schlafen, überlegte sie. Es kam ihr zwar sehr früh vor, aber möglich war alles. Sie wollte niemanden stören und schlich leise mit Robin und Milli in den Stall. Neben der Tür hing eine Taschenlampe, da es im Stall noch immer keine elektrische Beleuchtung gab. Penny nahm sie an sich und knipste sie an. „Hallo, Sturmwind!“, rief sie leise. Ein ebenso leises Wiehern war die Antwort.

Die Hunde wichen nicht von Pennys Seite. Der Stall

war ihnen nicht geheuer. Das Mädchen nahm drei Satteldecken, die in einem Regal neben dem Eingang lagen, und ging zu Sturmwind. Sie streichelte ihm über den Nasenrücken, was er besonders gerne hatte, und kraulte ihn unterhalb der Ohren. Vorsichtig leuchtete sie auf seinen edlen braunen Kopf mit der sternförmigen Blesse. „Jetzt hast du mich so lange nicht gesehen, und nun bin ich wieder da“, sagte sie leise. Sturmwind bewegte freudig den Kopf auf und ab, als wollte er nicken. Penny streichelte ihn noch eine Weile, hörte aber damit auf, als Milli leise zu knurren anfing. Damit deutete sie an, dass sie bald kläffen würde. „Ist schon gut, ich habe dich nicht vergessen!“, sagte Penny und beugte sich zu der kleinen Lhasa-Hündin hinunter, die es immer wieder schaffte, ihren Kopf durchzusetzen.

Die Box neben Sturmwind stand leer, da das Pferd über Nacht auf der Koppel war. Sie war frisch gesäubert und mit reichlich Stroh ausgelegt worden. Penny legte zwei Satteldecken auf den Boden, mit der dritten deckte sie sich zu. Milli sprang sofort zu ihr und schmiegte sich in ihren Arm. Robin zog es vor, zu ihren Füßen zu schlafen.

Penny war todmüde, da sie bereits seit halb sechs auf den Beinen war und die Ereignisse des Tages sehr anstrengend gewesen waren. Es tat gut, so früh in die Federn zu kriechen, oder besser gesagt ins Stroh!

Milli seufzte zufrieden in Pennys Arm, und nur ihr Kopf guckte über den Rand der Decke hervor. Auch von dem Berner Sennenhund waren nur wohlige Laute zu hören. Ab und zu schnaubte ein Pferd oder trat von einem Huf auf den anderen. Irgendwo in der Nachbarschaft bellte ein Hund, und von einer nahen Weide ertönte das leise Läuten von Kuhglocken. Penny fühlte sich wie im Paradies, und wieder einmal war sie dankbar dafür, in einer so prachtvollen und wunderbaren Gegend leben zu dürfen.

Feuer!

Penny träumte in dieser Nacht, sie wäre in ein Becken gefallen, das randvoll mit einer köstlichen Creme gefüllt war. Immer wieder schienen Tröpfchen der Creme in ihre Nasenlöcher einzudringen und sie zu verstopfen. Penny schnaubte und wischte sich mit dem Handrücken über das Gesicht. Sie wälzte sich auf die andere Seite, doch es half alles nichts.

Robin leckte ihr immer wieder über das Gesicht. Als das nichts nützte, legte er die Vorderpfoten auf ihren Rücken. Da Penny aber nur schlaftrunken knurrte, zog er an ihrer Decke, denn aus Erfahrung wusste er, dass dieser Trick am besten wirkte.

„Robin, lass den Quatsch!“, brummte Penny und hielt mit geschlossenen Augen die Decke fest.

Doch jetzt fing der Hund zu bellen an. Penny war sofort hellwach, griff nach seiner Schnauze und hielt sie zu. „Bist du verrückt? Was soll das? Wenn du eifersüchtig bist, dann musst du zu Hause bleiben, bei Tante Dagmar!“, schimpfte sie, und Milli knurrte wütend, weil Robin sie geweckt hatte. Robin aber jaulte und befreite sich aus Pennys Griff. Beleidigt senkte er den Kopf.

Penny spähte auf ihre Armbanduhr. Es war erst zwei in der Früh. „Nervensäge!“, schimpfte sie mit dem Hund und ließ sich wieder auf das Strohlager sinken. Sie drehte sich zur Wand und seufzte tief.

Halt! Was war das für ein Geruch? Kam er durch die

Ritzen der Stallwand? Oder von hier drinnen? Penny sprang auf, als hätte sie jemand mit einer glühenden Nadel gestochen.

Schlaftrunken tastete sie nach der Taschenlampe. Bestimmt lag sie irgendwo im Stroh, aber wo? Da sie die Lampe nicht finden konnte, ging sie mit ausgestreckten Armen auf die Boxentür zu, öffnete den Riegel und trat auf den Stallgang hinaus.

„Feuer!“, schrie sie entsetzt. Am anderen Ende des Stalles, neben dem Eingang, wo Strohballen und Säcke mit Hafer gelagert waren, schlugen Flammen in die Höhe. Das trockene Stroh und der Hafer brannten wie Zunder.

Das war also der Grund, weshalb Robin sie geweckt hatte. Penny drehte sich um und ruderte hilflos mit den Armen in der Luft. Wo waren die Hunde? „Robin! Milli!“, rief sie. Robin kam sofort, Milli aber ließ noch auf sich warten. Nur raus! Aber die Pferde?, schoss es Penny durch den Kopf. Der Stall hatte keinen zweiten Ausgang! Und die Flammen hatten bestimmt schon den Eingang erreicht und versperrten den Weg.

Vor Aufregung rannte sie hin und her und wusste nicht, was sie als Erstes tun sollte. Schließlich aber befahl sie den Hunden zu warten und rannte auf die lodernden Flammen zu. Die Pferde wieherten ängstlich und schlugen heftig mit den Hufen gegen die Boxenwände aus. Leo bäumte sich sogar auf.

„Ruhig, ruhig!“, rief Penny, obwohl sie wusste, dass diese Worte zwecklos waren. Sie ballte die Hände zu Fäusten und versuchte wenigstens einen klaren Gedanken zu fassen. Was war jetzt zu tun?

Die Flammen hatten die Tür, die auf den Hof führte, noch nicht erreicht. Aber das Feuer war schon sehr nahe. Penny befürchtete, dass die meisten Pferde sich weigern würden, daran vorbeizulaufen. Sie rannte ins Freie und brüllte, so laut sie konnte: „Hilfe! Feuer! Hilfe! Feuer! Feuer!“

Danach kehrte sie in den Stall zurück und stolperte fast über ein paar Satteldecken, die auf dem Boden lagen. Der Deckenstapel musste gekippt sein. Penny griff nach einer Decke. Plötzlich fiel ihr ein, dass man damit Flammen ersticken konnte. Sie hatte große Angst vor Feuer, wollte es aber trotzdem versuchen. Sie packte die Decke an zwei Ecken und schleuderte sie auf die Flammen. Als sie sie wieder in die Höhe riss, flackerte es nur noch darunter. Es funktionierte! Penny schlug unermüdlich mit der Decke auf das Feuer ein. Der Schweiß rann ihr von der Stirn, sie keuchte und hustete, gab aber dennoch nicht auf.

Fahrzeuge näherten sich dem Gestüt. Durch die Stalltür stürmten Herr Aringer und Frau Tatjana. Aber ihre Hilfe kam zu spät. Penny hatte das Feuer bereits erstickt. Keuchend taumelte sie ins Freie und rief nach ihren Hunden, die freudig zu ihrem Frauchen stürmten.

„Wie konnte das passieren? Penny, wieso bist du da?“, fragte Herr Aringer immer wieder.

Das Mädchen kam aber nicht dazu, es ihm zu erklären, da in diesem Augenblick zwei Löschfahrzeuge auf den Hof fuhren. Die Feuerwehrleute sprangen heraus und stürmten in den Stall, um gleich darauf zu melden, dass der Brand gelöscht war.

„Ich … wollte Sie nicht wecken, als ich gekommen bin. Ich habe hinten in der freien Box geschlafen. Robin hat mich geweckt!“, berichtete Penny keuchend. „Das Feuer war plötzlich da.“

Der Kommandant der Feuerwehr untersuchte den Brandort und berichtete dann: „Jemand hat eine brennende Kerze neben die Strohballen gestellt. Kein Wunder, dass das Zeug Feuer gefangen hat.“

Herr Aringer warf Penny einen grimmigen Blick zu. „Warst du das?“

Penny schüttelte den Kopf. „Nein, ich war das nicht“, beteuerte sie. „Wieso sollte ich dort vorne eine Kerze aufstellen, wenn ich hinten in der Box schlafe?“

Der Gutsbesitzer glaubte ihr kein Wort. „Ich finde, es ist besser, wenn du jetzt gehst. Das heißt, ich werde dich mit dem Auto nach Hause fahren.“

Plötzlich fiel Penny das Gespräch ein, das sie am Nachmittag belauscht hatte. „Herr Aringer, wo ist Thorsten?“, fragte sie.

Der Mann blickte sie fragend an. „Wieso interessiert dich das?“

Penny schluckte. Sollte sie ihren Verdacht aussprechen? „Na ja, weil … wegen der Versicherung …!“

Herr Aringer presste die Lippen aufeinander, und seine Augenbrauen schoben sich zu einer einzigen dicken Linie zusammen. „Penelope, halt den Mund!“, herrschte er sie an. „Wie kannst du nur deine eigene Unachtsamkeit und Fahrlässigkeit meinem Sohn in die Schuhe schieben! Ich hätte nie gedacht, dass du dazu fähig bist!“

Tatjana Malkowsky drängte sich zwischen die beiden

und versuchte, den Gestütbesitzer zu beruhigen. „Herr Aringer, bitte, bitte, das Mädchen ist eine gute Reiterin“, stammelte sie.

„Na und?“, bellte Herr Aringer. „Das entschuldigt nicht ihr Verhalten!“ Er wandte sich Penny zu: „Penelope, ab heute hast du hier Reitverbot. Lass dich nie wieder blicken!“

Penny traute ihren Ohren nicht. „Aber bitte ...!“, stammelte sie. Doch Herr Aringer drehte sich um und marschierte mit festen Schritten auf das Haus zu. „Herr Aringer!“, rief sie ihm nach, aber er reagierte nicht. „Ich war es nicht. Ich würde nie im Stall eine Kerze anzünden. Ich habe die Taschenlampe benützt. Sie liegt hinten in der Box, das ist der Beweis!“

„Frau Malkowsky, kümmern Sie sich bitte um die Pferde!“, brüllte Herr Aringer, bevor er die Tür zuschlug.

Penny war völlig verzweifelt. „Ich bin unschuldig!“, schluchzte sie. Diese Machtlosigkeit war das Schlimmste. Niemand schien ihr zu glauben. Die Feuerwehrleute sahen sie vorwurfsvoll an, als wäre sie eine Brandstifterin.

„Robin! Milli!“, stieß Penny mit tränenerstickter Stimme hervor. „Kommt!“ Danach brach sie in hemmungsloses Schluchzen aus. Sie rannte an den Feuerwehrleuten vorbei, die Hunde folgten ihr dicht auf den Fersen. Sie wollte nicht mit Herrn Aringer nach Hause fahren, sondern holte ihr Fahrrad, hob Milli in den Korb und fuhr los. Sie hatte Mühe, geradeaus zu fahren, schlingerte und wäre zweimal beinahe in den Straßengraben gestürzt. Die Tränen verschleierten ihren

Blick, und es nützte auch nichts, dass sie sie immer wieder mit dem Handrücken wegwischte. Erschöpft kam sie zu Hause an. Zum Glück war die Haustür nicht abgesperrt. Gefolgt von Milli und Robin schlich sie hinauf in ihr Zimmer, wo sich die beiden Hunde sofort in den großen Korb verkrochen.

Penny warf sich auf das Bett und weinte. Sie hatte einen großen Fehler gemacht und jemanden verdächtigt, ohne einen Beweis zu haben. Und das musste sie jetzt ausbaden. Dabei konnte sie Herrn Aringers Reaktion sogar verstehen. Ihr Vater würde auch wütend werden, wenn jemand eines seiner Kinder des Versicherungsbetruges bezichtigte.

Das Allerschlimmste aber war, dass sie Sturmwind nicht wieder sehen würde …

Ein schrecklicher Sonntag

Am nächsten Morgen wollte Penny nicht aufstehen. Vor allem fürchtete sie die neugierigen Fragen ihrer Familie. Kolumbus und Romeo würden bestimmt glauben, dass sie in der Nacht Angst bekommen hatte. Ihr Vater würde vielleicht vermuten, dass es einen anderen Grund gab, und Tante Dagmar würde sie mit Sicherheit einem Verhör unterziehen. Um alldem zu entgehen, hängte Penny das Schild mit der Aufschrift „Bitte nicht stören“ an ihre Tür. Sie hatte es einmal aus einem Hotel mitgenommen, und normalerweise wurde es von jedem in der Familie respektiert.

Tante Dagmar war natürlich eine Ausnahme. Sie hämmerte zehn Minuten lang an die Zimmertür ihrer Nichte und bestand darauf, dass Penny aufschloss. Penny blieb stur. Sie nutzte den Vormittag zu ausführlichen Tagebucheintragungen und bemerkte mit Schrecken, dass sie ausschließlich in das rote und das blaue Heft schrieb. Alles, was sie erlebt hatte, hatte sie wütend oder traurig gemacht. Nur die Begegnung mit Thorsten trug sie in das rosa Heft ein. So übel war sie nicht gewesen. Und in das grüne Heft kam das Treffen mit Ivan und die Sache mit den malenden Katzen.

Es war bereits kurz vor Mittag, als Robin und Milli unruhig wurden. Sie mussten beide dringend hinaus auf die Wiese. Zur gleichen Zeit klopfte auch Dr. Moosburger an. „Penny, bitte komm runter, ich brauche deine Hilfe!“

Hilfe? Wozu? Um Tante Dagmar endgültig rauszuwerfen?

Penny duschte sich den Brandgeruch vom Körper. Als sie beim Zähneputzen in den Badezimmerspiegel blickte, schnitt sie eine wilde Grimasse. Sie sah grässlich aus und konnte sich selbst nicht leiden.

Als sie nach unten lief, begegnete ihr Tante Dagmar auf der Treppe. Sie wich vor Robin und Milli aus, als wären sie zwei hochgiftige Schlangen, und würdigte Penny nicht eines Blickes. Erhobenen Hauptes marschierte sie in ihr Zimmer.

„Einen wunderschönen guten Morgen, Lieblingstante!", rief Penny ihr nach.

In der Küche versorgte sie schnell die Hunde, die bereits großen Hunger hatten, und ging dann mit ihnen nach draußen, wo ihr Vater bereits auf sie wartete. Mist, ich muss ja noch alle Tiere versorgen, fiel ihr ein. Vor lauter Kummer hatte sie das ganz vergessen.

„Komm mal zu mir, Penny!", rief der Tierarzt und winkte seiner Tochter zu. Er stand vor einem kleinen eingezäunten Stück Wiese, in dem die Moosburgers früher Kaninchen gehalten hatten. Der Zaun bestand aus kniehohen Latten, über die früher Maschendraht gespannt gewesen war. Heute diente diese „Mini-Koppel" hauptsächlich dazu, Tieren aus der Krankenstation ein wenig Auslauf zu ermöglichen.

Penny warf einen Blick über die Holzlatten und traute ihren Augen nicht: „Das sieht ja aus… wie ein lebendiges Sparschwein!", sagte sie, als sie den Frischling erblickte, der ungelenk und etwas steifbeinig im Gras herumging. Sein braunes borstiges Fell war weiß gestreift, sein Rüssel unermüdlich in Bewegung und seine Augen blickten munter und putzig drein. „Heute Nacht ist seine Mutter auf der Landstraße überfahren worden, als sie im Morgengrauen mit ihrem Jungen auf Futtersuche ging und dabei die Straße überqueren wollte. Sie war auf der Stelle tot. Die Polizei hat den Kleinen neben ihr gefunden. Er ist völlig unverletzt. Offensichtlich war er das einzige Junge."

„Er kann doch hier bleiben, oder?", fragte Penny.

Ihr Vater hatte nichts dagegen. „Allerdings frage ich mich, wer sich um ihn kümmern wird. Der Kleine braucht viel Zuwendung. Ich fürchte, du kannst dich nicht so intensiv wie seine Mutter um ihn kümmern. Du hast schließlich schon Robin und Milli, in einer Woche beginnt wieder die Schule, und deine Brüder sind mir nicht zuverlässig genug. So komisch das klingt, aber der Frischling braucht eine Ersatzmutter."

„Vielleicht hat auf einem Bauernhof eine Sau Junge geworfen, Paps. Es ist doch möglich, ihr den Kleinen unterzuschieben!", schlug Penny vor. Das war keine schlechte Idee, aber der Frischling war dafür bereits zu alt.

Mittlerweile war er zu der Stelle gekommen, an der Penny und ihr Vater standen, sah zu ihnen hoch und grunzte weinerlich. Penny ging in die Hocke und streckte langsam die Hand nach ihm aus. Das Wildschwein ließ sich streicheln, ohne zurückzuschrecken.

„Frischlinge sind nicht menschenscheu", erklärte der Tierarzt. „Aber wenn ihre Mutter nicht gut auf sie aufpasst, tappen sie in jede gefährliche Situation. Zum Glück sind Bachen sehr gute Mütter."

„Frau Schlögel!“, fiel Penny plötzlich ein. „Paps, die wäre doch dafür geeignet. Sie könnte sich um den Frischling kümmern!“

Ihr Vater war von dem Vorschlag nicht begeistert. „Aber sie hat doch gesagt, dass sie nie wieder einen Hund will“, meinte er.

„Na und? Ist das ein Hund? Bitte versuch es. Bring ihr den Kleinen. Erzähl ihr die Geschichte. Bitte, Paps!“

Dr. Moosburger machte sich wenig Hoffnungen auf Erfolg, packte aber trotzdem den Kleinen in einen Transportkäfig, stellte ihn auf die Ladefläche des Jeeps und fuhr los.

Erst jetzt spürte Penny, dass sie Hunger hatte. Sie befahl Robin und Milli, vor dem Haus auf sie zu warten. Die Sonne schien, es war ein prachtvoller Spätsommertag. Da gefiel es ihnen sicher im Garten.

Tante Dagmar redete auch weiterhin kein Wort mit Penny.

„Kommst du mit? Ich treffe mich heute mit Freunden auf dem Jahrmarkt in St. Gilgen. Papa bringt uns hin!“ Kolumbus schaute seine Schwester fragend an.

„Und ich darf auch mit!“, verkündete Romeo. Kolumbus verzog das Gesicht. Das hatte gerade noch gefehlt! Penny aber wollte nicht mitkommen. Ihr war einfach nicht nach Rummelplatz zumute.

„He, ist dir eine Laus über die Leber gelaufen?“, wollte Kolumbus wissen.

„Wenn du hier bleibst, können wir am Nachmittag ein Gespräch unter vier Augen führen, was ich sehr begrüßen würde!“, mischte sich Tante Dagmar ein.

„Ich komme mit!“, sagte Penny wie aus der Pistole

geschossen. Romeo prustete vor Lachen und handelte sich dafür von der Tante einen Klaps auf den Hinterkopf ein.

„He, hier wird keiner geschlagen!“, rief Kolumbus empört.

„Er hat es verdient! Und euch hätte es auch nicht geschadet, wenn ihr ab und zu eine Tracht Prügel erhalten hättet. Dann wären nicht so verzogene Fratzen aus euch geworden!“, schimpfte die ehemalige Lehrerin. „Unser Vater hat uns noch mit achtzehn so manche Ohrfeige verpasst.“

Penny wusste davon, und sie wusste auch, dass ihr Großvater heute noch jede dieser Ohrfeigen bitter bereute. Aber Tante Dagmar war viel zu engstirnig, um mit ihr über dieses Thema zu diskutieren.

„Wann fahren wir los?“, fragte Penny die Brüder.

„Sobald Paps zurück ist und gegessen hat“, antwortete Kolumbus.

Auf der Fahrt nach St. Gilgen am Wolfgangsee, das eine gute halbe Stunde von der Hammerschmiede entfernt war, berichtete der Tierarzt von seinem Besuch bei Frau Schlögel. „Sie sieht arg mitgenommen aus. Aschfahl im Gesicht. Ich habe auch den Eindruck, ihr Haar ist über Nacht noch grauer geworden. Sie muss die ganze Zeit nur geweint haben. Auf ihrem Tisch im Wohnzimmer steht ein großes Foto von Rolfi, und davor brennt eine Kerze. Sie hat den Arzt, den ich ihr geschickt habe, nicht ins Haus gelassen. Sie wollte auch nicht mit mir sprechen, aber als ich den Frischling in die Höhe hielt, hat sie mir dann doch aufgemacht.“

„Und … hat sie ihn behalten?“, fragte Penny.

„Ja, schon, aber nur für eine Woche. Ich habe ihr vorgeschwindelt, dass wir bis dann einen Platz in einem Tierpark finden könnten. Das hat sie mir abgenommen. Wahrscheinlich ... vielleicht ... na ja ... also in einer Woche muss ich wieder zu ihr."

„Wenigstens ist sie sieben Tage abgelenkt", meinte Penny. „Der Kleine hält sie bestimmt auf Trab, verlass dich darauf."

Ihr Vater seufzte. „Hoffentlich, Penny. Ich befürchte sonst das Schlimmste."

Penny gab sich zuversichtlicher. „Paps, sie hat den Kleinen zu sich genommen, das ist schon mal ein gutes Zeichen."

In einer Woche würden sie mehr wissen.

Wie zwei Kampfhähne

Der Jahrmarkt war nicht nach Pennys Geschmack. Sie mochte Rummelplätze nicht besonders. An diesem Tag aber empfand sie das Lachen und das Geschrei der Leute sowie den Gestank nach altem Frittieröl unangenehmer als sonst. Außerdem musste sie Milli die ganze Zeit auf dem Arm tragen, da die kleine Hündin sonst in der Menge zertreten worden wäre. Robin war der Trubel auch nicht geheuer, er drängte sich so dicht wie möglich an sein Frauchen. Er hatte den Kopf eingezogen und die Ohren angelegt. Alles Zeichen dafür, dass er Angst hatte.

Romeo hatte von seinem Vater Geld bekommen, damit er sich amüsieren konnte. Kolumbus hatte sich aus dem Staub gemacht, um seine Cornelia zu treffen, und Dr. Moosburger hatte sich in einen Biergarten zurückgezogen. Penny stand plötzlich allein da.

„Kommt, wir suchen uns ein stilles Plätzchen", sagte sie zu den Hunden und zwängte sich durch das Gedränge vor den Schießbuden und Ständen, an denen Würste, Pommes und Süßigkeiten verkauft wurden.

„He, kennst du mich noch?", rief plötzlich jemand neben ihr. Penny drehte sich um und sah Ivan ins Gesicht. Natürlich kannte sie ihn noch – wie hätte sie ihn vergessen sollen? Sein Irokesenkamm war an diesem Tag pinkfarben gesprüht, und in einem Ohrring schaukelte ein kleiner Plastikpapagei, den er an einer Schießbude gewonnen hatte.

„Tag, Hunde!“, begrüßte er Milli und Robin, die Ivan freundlich zuwedelten.

„Komm, ich lade dich auf eine Cola und die Hunde auf eine Wurst ein!“, schlug Ivan vor.

„Cola gerne, aber keine Wurst für die Hunde! Die Gewürze sind nicht gut für sie“, sagte Penny.

Ein wenig später lehnten der Junge und das Mädchen mit Pappbechern in den Händen an der Rückseite einer Würstchenbude, und Robin und Milli saßen vor ihnen und schienen sie mit ihren Blicken hypnotisieren zu wollen.

„Du hättest nichts von der Wurst sagen sollen. Die beiden verstehen alles!“, sagte Penny.

„Na, was ist, bekomme ich den Job? Muss ich mir schon eine Küchenschürze kaufen?“, fragte Ivan.

„Machst du Witze, oder meinst du das ernst?“, erwiderte Penny.

„Natürlich meine ich das ernst. Ich finde die Idee spitze, bei euch den Laden in Schuss zu halten. Ehrlich!“

Penny nahm sich vor, ihm nicht zu erzählen, wie ihr Vater schon auf die bloße Beschreibung seines Äußeren reagiert hatte. Sie nahm einen Schluck Cola und blickte dabei über den Rand ihres Bechers hinweg. Dabei entdeckte sie zwischen zwei Buden ein Gerät, das wie der Kopf eines Bullen aussah. Man musste eine Münze einwerfen und dann den Stier bei den Hörnern packen und zudrücken. Auf einer Skala konnte man dann ablesen, wie stark man war. Sie reichte von „Muttersöhnchen“ bis „Mister Universum“. Davor standen drei Jungen. In dem mittleren erkannte Penny Thorsten, der ziemlich unschlüssig zu sein schien. Die beiden anderen waren offensichtlich seine Freunde und klopften ihm aufmunternd auf die Schultern.

Plötzlich kam Penny wieder das schreckliche Ereignis der vergangenen Nacht in den Sinn und ihre Auseinandersetzung mit Herrn Aringer. Sie musste unbedingt mit seinem Sohn reden, um zu erfahren, ob es etwas Neues gab.

Ivan folgte ihrem Blick und fragte: „Kennst du den Typ mit den langen Haaren?"

Penny nickte. „Du auch?"

Ivan brach in lautes, heiseres Gelächter aus. Er war plötzlich ganz aufgebracht und außer sich. „Wegen dieses Horrorknaben bin ich aus der Disko geflogen. Dieses miese Stück! Dieses Schwein! Am liebsten würde ich ihm jeden Knochen einzeln brechen!"

„Aber wieso?", wollte Penny wissen.

„Weil er ein Dreckskerl ist, ein verlogener." Doch gleich darauf legte sich sein Zorn, und er wurde ruhig. „Aber alles hat zwei Seiten", meinte er. „Die schlechte ist, dass ich den Job verloren habe, die gute, dass ich ein neues Leben beginnen will!"

Thorsten hatte mittlerweile sein Glück an dem „Bullen" versucht und musste sehr schlecht abgeschnitten haben. Seine Freunde grölten vor Vergnügen, und Penny hörte etwas von „Schwächling". Thorsten drehte sich in ihre Richtung und entdeckte sie. Sofort kam er auf sie zu. „Hallo, gut, dass ich dich treffe!", rief er.

Da sah er aber Ivan neben ihr stehen, und schlagartig verdüsterte sich seine Miene. „Seit wann gibst du dich mit Verbrechern ab?", fragte er.

„Verbrecher? Kann mir einer erklären, was das soll?“, erwiderte Penny.

„Hat dir der feine Herr nicht gesagt, dass er vorbestraft ist, weil er vor drei Jahren jemanden krankenhausreif geprügelt hat? Und hat er dir nicht gesagt, dass er heimlich mit den teuren Flitzern der Diskobesucher kleine Spritztouren unternommen hat? Zum Glück ist das vorgestern aufgeflogen, und der Typ ist endlich gefeuert worden.“

„Ist das alles wahr?“, fragte Penny fassungslos. Sie sah, dass Ivan innerlich vor Zorn kochte und die geballten Fäuste immer tiefer in seine Hosentaschen bohrte. Er schien sich mit aller Kraft beherrschen zu wollen.

„Nein, nur zum Teil“, antwortete Ivan. „Ich habe vor drei Jahren Mist gebaut, das stimmt. Es stimmt auch, dass ich die Schlüssel der Wagen, die vor der Disko im Halteverbot parkten, entgegennahm. Aber ich bin nie mit einem gefahren. Jemand muss sich die Schlüssel aus der Schublade geholt haben. Es waren immer wieder Autos für kurze Zeit weg, und vorgestern hat einer der Besitzer gemerkt, dass sein Auto fehlte. Er hat Krach geschlagen und den Chef der Disko fertig gemacht. Später dann war der Wagen wieder da, aber da war es bereits kurz vor sechs!“

„Und zufälligerweise bist du in diesem Augenblick auch zur Hintertür reingekommen“, fügte Thorsten hinzu.

„Mir war übel. Ich war an der frischen Luft. Ich hatte zu viel getrunken. Das war der Grund. Nur das!“, verteidigte sich Ivan.

„Lügner!“, zischte Thorsten und wandte sich Penny zu: „Ich hoffe, du fällst auf diesen Ganoven nicht rein. Es würde mich nicht wundern, wenn übermorgen euer Haus ausgeräumt ist.“

Bei Penny fiel ein Groschen. Hatte Ivan nicht schon versucht, sie auszuhorchen? Ja, sie hatte gleich Verdacht geschöpft, dass mit ihm etwas nicht stimmte.

„Penny, bitte glaube mir!“, flehte Ivan.

Das Mädchen wusste nicht, was sie sagen sollte. Doch sie wollte unbedingt erfahren, was sich auf dem Reiterhof noch getan hatte. Sie schaute Thorsten an, und ehe sie den Mund aufmachen konnte, schrie Ivan auch schon: „Danke für dein Vertrauen!“, und rannte weg.

„Aber … aber Ivan!“, rief ihm Penny nach.

„Lass ihn!“ Thorsten legte ihr die Hand auf die Schulter und hielt sie zurück. „Er verdient es nicht, dass du dich nur eine Sekunde mit ihm abgibst.“

Penny war hin und her gerissen. Sie schien in den letzten Tagen immer genau das Verkehrte zu tun und alle Leute falsch einzuschätzen.

„Mein Vater ist stinksauer wegen des Brandes. Hast du ihn tatsächlich ausgelöst?“, fragte Thorsten.

Penny fühlte sich mit einem Mal ganz hilflos und allein. Thorsten schien das zu spüren und legte ihr den Arm schützend um die Schultern. Sie lehnte sich dankbar an. Dann strich ihr der Junge sanft über das Haar. „Was war los? Sag schon!“, drängte er.

Penny berichtete der Reihe nach, was vorgefallen war. Sie überwand sich sogar, Thorsten von ihrem Verdacht zu erzählen.

Der Junge war ihr deswegen nicht böse. „Das musstest du annehmen, nach allem was du gehört hast“, sagte er.

Penny fiel ein Stein vom Herzen.

„Aber ich würde so etwas nie tun. Ich hoffe, du siehst das jetzt ein.“

Penny nickte heftig.

„Verstehst du jetzt, warum ich sage, dass mein Alter manchmal spinnt? Er fällt einfach ein Urteil und ist nicht mehr davon abzubringen. Keine Chance zur Verteidigung. So ist es, aus, basta, Ende!“

„Aber wer hat die Kerze so nahe ans Stroh gestellt? Wer kann das gewesen sein?“

„Vielleicht war es nur ein Landstreicher, der dort übernachten wollte“, vermutete Thorsten. „Übrigens, ich habe sogar ein Alibi für die vergangene Nacht. Ich war in der Disko!“

„Denkst du, ich kann trotzdem wieder zu Sturmwind?“, fragte Penny.

Thorsten wiegte den Kopf. „Warte besser noch. Vater ist außer sich. Aber er beruhigt sich bald wieder. Ich rufe dich an, okay?“

Penny fühlte sich ein klein bisschen erleichtert. Trotzdem hinterließ das Aufeinandertreffen der beiden Jungen in ihr einen bitteren Nachgeschmack. Hatte sie Ivan tatsächlich Unrecht getan? Auf jeden Fall hatte sie Thorsten fälschlicherweise beschuldigt. Sie durfte nie wieder so übereilte Schlüsse ziehen. Was war das nur für ein schrecklicher Sonntag! Sie fühlte sich elend und total verwirrt. Mist, Mist, Mist! Und nicht einmal zu Hause hatte sie ihre Ruhe. Dort lauerte bereits Tante

Dagmar mit der nächsten Attacke. Es musste dringend etwas geschehen! Dringend!

Plötzlich drängte sich jemand an Pennys Hosenbein. Sie blickte hinab und sah in Robins treue Augen. „Wir werden dich in die Flucht schlagen, Tante, verlass dich darauf!“, sagte sie leise und streichelte den Hund. „Robin, du wirst noch heute Nacht zeigen, was du kannst!“

Ein haariger Bettgenosse

Nach dem Abendessen gab Penny ihren Brüdern ein Zeichen, ins Wohnzimmer zu kommen. Nachdem sich Romeo und Kolumbus in den weichen, bequemen Polstersesseln, von denen es im Wohnzimmer der Moosburgers gleich sieben Stück gab, niedergelassen hatten, schloss Penny die Tür.

„Hört einmal her, ich habe etwas vor und will von euch wissen, was ihr davon haltet“, begann das Mädchen. „Tante Dagmar ist einfach unerträglich, und so, wie es aussieht, rückt sie von ihren Prinzipien nicht einen einzigen Millimeter ab.“

Die Jungen konnten ihr nur heftig zustimmen.

„Ich finde, dass unser Verhalten ganz okay war. Wir waren weder gemein noch übermäßig frech, höchstens ehrlich, und das ist nicht verboten!“

„Schwesterherz, ist das eine Rede an die Nation oder was?“, fragte Kolumbus ungeduldig. „Könntest du bitte zur Sache kommen!“

„Klar. Ich finde, zwei Tage Tante Dagmar reichen!“, verkündete Penny.

Dieses Mal erhielt sie noch lebhafteren Zuspruch. „Irgendwie müssen wir den Feldwebel loswerden! Freiwillig geht die doch nie!“, überlegte Kolumbus.

„Na ja, wie wär’s, wenn wir ihr einen Streich spielen?“, fragte Penny.

„Nein, da mache ich nicht mit. Papa spinnt schon jetzt hochgradig“, erklärte Romeo.

„Er wird mit Tante Dagmar nicht fertig und lässt seinen Frust an uns aus!“, meinte Kolumbus.

Penny nickte. „Richtig, und deshalb werden wir nur lieb und nett zu ihr sein. Die eigentliche Arbeit übernimmt ein anderer.“

„Und wer?“, wollten ihre Brüder wissen.

„Robin!“, erwiderte Penny. „Ich will, dass ihr es wisst und euch nicht wundert, sondern Spaß daran habt.“ Sie grinste verschmitzt und wollte nicht mehr verraten. Dann ging sie in ihr Zimmer und stöberte in dem großen Hundekorb, den sich Milli und Robin teilten. Sie wusste, dass der Berner Sennenhund eine Schwäche für verschiedene kleine Spielsachen hatte, die er in dem Korb unter der Decke versteckte. Außerdem hatte er die Angewohnheit, die Reste seiner Kauknochen hier zu vergraben.

Penny fand einen, der schon bestialisch stank, und hob ihn freudestrahlend auf. Genau so etwas brauchte sie.

Am nächsten Morgen wurde sie von Musik aus dem Radio geweckt. Sie hatte den Wecker auf halb sieben gestellt, damit sie auch bestimmt nicht zu spät kam.

„Morgen, Robin“, rief sie schlaftrunken. Der Hund hob den Kopf und wedelte mit dem Schwanz. Er freute sich, wenn man ihn freundlich anredete. Penny nahm den ekligen Kauknochen aus einer Plastikdose, in der sie früher immer ihre Zahnspange tagsüber aufbewahrt hatte. Sie hielt ihm das graubraune Ding vor die Nase und sagte: „Hmmm ... lecker ... lecker ... aber weg!“ Schnell schloss sie die Faust, stürmte aus dem Zimmer und sperrte die Tür ab. Als Robin zu bellen anfing, zischte sie schnell: „Still!" Dann lauschte sie an der Tür und stellte zufrieden fest, dass der Hund sich hinter der Tür auf den Boden legte.

Auf Zehenspitzen huschte Penny einen Stock tiefer und schlüpfte in den Bauernschrank, der auf dem Gang stand. Zwei Türen weiter befand sich das Gästezimmer, in dem Tante Dagmar schlief. Genau gegenüber war das Badezimmer, das sie benutzte.

Penny musste nicht lange warten. Nach etwa zehn Minuten kam die Tante mit schlurfenden Schritten aus dem Zimmer und verschwand im Bad. Bald rauschte das Wasser, und Penny sprang aus dem Schrank. Sie huschte leise in das Gästezimmer und war ausnahmsweise einmal froh darüber, dass Tante Dagmar so überaus praktisch veranlagt war. Sie hatte nämlich die Angewohnheit, ihre Blusen und Röcke immer zwei Tage hintereinander zu tragen, damit nicht zu viel Schmutzwäsche zusammenkam. Penny wusste genau, dass sie gestern die Kleidung gewechselt hatte. Rock und Bluse lagen bereits vorbereitet auf dem Sessel, und die Tante würde sie heute noch einmal anziehen. Schnell rieb das Mädchen den Kauknochen an dem Saum des Rockes und stopfte mehrere kleine Stückchen des Knochens in die Taschen des Kleidungsstückes. Danach verließ sie schleunigst das Zimmer und kehrte in ihr eigenes zurück.

Eine halbe Stunde später kam sie mit Robin und Milli nach unten, um in der Küche zu frühstücken. Sie öffnete die Tür und prallte zurück.

Das durfte nicht wahr sein! Tante Dagmar trug einen anderen Rock! Wieso war sie von ihrer Gewohnheit abgewichen? Penny traute sich nicht, sie darauf anzusprechen, weil das zu auffällig gewesen wäre.

„Die Hunde müssen draußen bleiben!“, keifte die Tante sofort.

Penny machte ein enttäuschtes Gesicht. Sie hatte mit der ganzen Aktion erreichen wollen, dass Robin Tante Dagmar den ganzen Tag nicht von der Pelle rückte. Der Geruch seines Lieblingskauknochens hätte dafür gesorgt. Mit ähnlichen Tricks arbeiteten auch die Tiertrainer beim Film, wenn ein Hund einen Schauspieler verfolgen oder auf einen bestimmten Gegenstand zulaufen sollte.

„Mist!“, schimpfte Penny leise und befahl ihren Hunden, vor der Tür zu warten. Sie mischte Haferflocken unter das Futter und wollte den Napf vor das Haus stellen. Tante Dagmar warf ihr immer wieder missbilligende Blicke zu und meinte spitz: „Das Zeug stinkt!“ Dabei war sie einen Augenblick unachtsam, und schon war es passiert! Sie neigte ihre randvolle Kaffeekanne zu stark, der Kaffee schwappte über und ergoss sich über ihren Rock.

„Oh, nein!“, jammerte sie vor sich hin. „Dabei habe ich ihn heute ganz frisch angezogen.“ Schimpfend marschierte sie in ihr Zimmer hinauf.

„Bitte, bitte zieh den anderen Rock an“, flehte Penny leise.

Sie versorgte die Hunde vor der Haustür und freute sich, dass ihnen das Futter so schmeckte. Als sie ins Haus zurückkehrte, kam Tante Dagmar gerade die Treppe herunter. Pennys Herz machte einen Freudensprung. Die Tante trug den präparierten Rock. Robin schob sich an Penny vorbei und schnüffelte. Er witterte bereits etwas. Den ganzen Morgen über hatte er schon vergebens nach dem Rest seines Lieblingsknochens gesucht. Penny hatte diesen jedoch „geruchsdicht“ versteckt, und zwar im Spülkasten der Toilette, verpackt in drei Plastiksäckchen. Robin liebte das Spiel, bei dem er einem bestimmten Geruch folgen musste, und lief wedelnd auf Tante Dagmar zu.

„Weg da, du Köter!“, schimpfte sie. Aber Robin ließ sich nicht abwimmeln. „Nimm ihn weg!“, befahl Tante Dagmar. Penny täuschte ihr einen Versuch vor, trieb dabei aber Robin mit der Hand noch dichter an die Tante heran und bedeutete ihm, auch bestimmt nicht von ihrer Seite zu weichen.

Robin verstand die Übung und erwartete sich als Belohnung Hundekuchen. „Ich kann nichts tun ... er scheint dich zu mögen, Tante!“, sagte Penny mit gespielter Verzweiflung. Immer wieder sagte sie zu Robin streng: „Lass das, geh weg!“ Gleichzeitig aber klopfte sie mit der flachen rechten Hand an ihren Oberschenkel. Dieses Zeichen bedeutete: „Bleib, wo du bist! Hör nicht auf das, was ich sage!“ Robin war bestens trainiert und befolgte den Befehl zu Pennys vollster Zufriedenheit.

Wohin die Tante an diesem Tag auch ging, Robin wich nicht von ihrer Seite. Penny zog ihn einige Male weg. Sie tat sogar so, als würde sie mit beiden Hunden spazieren gehen, schickte Robin dann aber von unterwegs wieder zurück. Der Berner Sennenhund beherrschte es sogar, mit seiner dicken Pfote auf den Klingelknopf des Wohnhauses zu drücken. Als Tante Dagmar öffnete, stand er hechelnd vor ihr. „Nein!“, schrie sie und schlug ihm die Tür vor der Nase zu.

Doch das machte Robin nichts aus. Im Untergeschoss des Hauses befand sich die Tierarztpraxis, die einen eigenen Eingang hatte. Da Dr. Moosburger gerade Sprechstunde hatte, konnte der Hund dort hinein. Er lief zu Sonja, die die Namen der Tiere und ihrer Besitzer in den Computer eingab und die Rechnungen schrieb. Robin stellte die Vorderpfoten auf ihren Schreibtisch. Er bellte kurz, und die Sprechstundenhilfe führte ihn sofort ins Behandlungszimmer. Dr. Moosburger wurde zurzeit von einem Studenten der Tiermedizin unterstützt, der praktische Erfahrungen in diesem Beruf sammeln wollte.

Der Tierarzt wunderte sich nicht sehr über Robins Besuch, da dieser immer wieder durch die Praxis ins Haus ging. „Aber du weißt, dass ich das nicht mag, wenn ich arbeite!“, schimpfte er mit ihm und öffnete die Verbindungstür zum Vorzimmer. Wenige Sekunden später war Robin in der Küche bei Tante Dagmar, die fast einen Anfall bekam.

Penny und ihre Brüder hielten sich an diesem Tag bewusst möglichst lange von zu Hause fern. Sie genossen den heißen Spätsommertag am Fuschlsee und badeten ausgiebig. Robin würde seine Sache gut machen, das wussten sie.

Als sie zurückkehrten, war Tante Dagmar fix und fertig. Sie hatte ein ernstes Gespräch mit ihrem Bruder gehabt, der aber auch nur immer wieder bekräftigen konnte, dass manche Hunde plötzlich die große Liebe zu einem Menschen entdeckten. Bei Robin schien das gerade der Fall zu sein. Dagegen konnte man kaum etwas tun.

Dr. Moosburger schwante, dass Penny mit der Sache etwas zu tun haben könnte, doch er schob diesen Gedanken wieder beiseite.

Vor dem Abendessen holte Penny die Knochenreste und rieb damit auch noch das Bett der Tante tüchtig ein. Das letzte Knochenstück versteckte sie unter dem Betttuch, an der Stelle, wo das Kopfkissen lag.

Heute Nacht sollte Robins Vorführung ihren Höhepunkt erreichen.

Das Mädchen konnte es kaum erwarten, bis sich die Tante um kurz nach neun endlich zurückzog. Kolumbus und Romeo waren in den Streich eingeweiht und rieben sich freudig die Hände.

Ein wenig später zogen sich auch die drei Geschwister in ihr Stockwerk zurück. Gleich darauf hörten sie, dass sich auch ihr Vater ins Schlafzimmer begeben hatte. Sie warteten noch eine gute Stunde, die sie vor dem Fernseher in Kolumbus' Zimmer zubrachten. Er hatte sich das kleine Gerät vor ein paar Jahren von seinem Taschengeld gekauft, und normalerweise ließ er niemanden schauen. Heute aber machte er eine Ausnahme.

Kurz nach halb elf schlich Penny mit Robin und Milli in den ersten Stock hinunter. Ihre Brüder hielten sich dicht hinter ihr. Das Mädchen öffnete lautlos die Tür zum Gästezimmer und drückte Romeo die verschlafene Lhasa-Hündin in den Arm. Dann flüsterte sie Robin zu: „Robben, robben, robben! Bett! Bett! Bett!“, und machte dazu die entsprechenden Hand-

bewegungen. Der Berner Sennenhund schnüffelte, ließ sich zu Boden sinken und robbte in das Zimmer. Nein, so hatte sich das Penny nicht vorgestellt! Robin sollte in das Bett robben …

Durch das Fenster fiel der Schein einer Laterne, die die Zufahrt zum Haus beleuchtete. Er reichte aus, um sehen zu können, wie sich Robins schwarzer Körper dem Bett näherte. Der kluge Hund hatte zum Glück doch verstanden und zog nun mit der Schnauze vorsichtig die Bettdecke weg. Tante Dagmar hatte ihm den Rücken zugewandt und schnarchte leise. Behutsam setzte Robin die rechte Pfote auf die Matratze. Ihr folgte, ebenso behutsam, die linke. Dann schob sich der Hund im Zeitlupentempo unter die Decke und robbte auf das Kopfkissen zu.

Tante Dagmar gab unwillige Laute von sich und bewegte sich unruhig. Da! Robins Kopf tauchte am oberen Rand der Decke wieder auf. Er lag nun mit dem ganzen Körper im Bett, direkt neben der schlafenden Tante.

„Wilhelm, lass das!“, brummte Tante Dagmar. „Geh weg! Du brauchst zu viel Platz, und du stinkst. Was hast du schon wieder gegessen?“ Robin kümmerte sich nicht darum. Er wollte den Rest seines Kauknochens. Um an den heranzukommen, musste er unter das Kopfkissen kriechen.

„Wilhelm … deine Haare kitzeln!“, beschwerte sich die Tante.

„Wer ist Wilhelm?“, fragte Romeo leise.

„Na, ihr Mann, was hast du geglaubt? Ihr Kehrbesen?“, erwiderte Kolumbus.

Robin wurde ungeduldig. Er steckte die Pfote unter das Kissen und angelte nach dem Knochen.

„Wilhelm!“, schnaubte Tante Dagmar wieder und warf sich herum. Sie lag nun mit dem Gesicht neben Robins Hals und legte einen Arm um seine Schultern.

Mit einem langen spitzen Schrei schoss sie in die Höhe und knipste die Nachttischlampe an. Penny und ihre Brüder konnten gerade noch rechtzeitig verschwinden. Robin aber blieb stocksteif im Bett liegen und starrte die Tante an.

Als der Tierarzt, von ihrem Schrei geweckt, in das Gästezimmer stürzte, fand er Hund und Schwester noch immer nebeneinander liegend im Bett vor. Der Anblick war zu komisch, und Matthias Moosburger brach in schallendes Gelächter aus.

Penny, Kolumbus und Romeo kamen die Treppe heruntergestürmt. Sie warfen einen Blick in das Gästezimmer und stimmten in das Lachen ihres Vaters ein.

„Matthias, ab morgen schlafen die Hunde in einem Käfig. Hast du mich verstanden? Sie sind voller Ungeziefer und stinken!“, tobte die Schwester des Tierarztes. „Entweder du versprichst mir auf der Stelle, dass ab morgen kein Hund mehr das Haus betritt, oder ich reise mit dem ersten Zug ab!“

„Ich bin Tierarzt, Dagmar“, sagte Dr. Moosburger ruhig. „Ich kann dir dieses Versprechen nicht geben. Das wirst du sicher verstehen.“

Am liebsten wären Penny und ihre Brüder in lautes Jubelgeschrei ausgebrochen, doch vorsichtshalber ließen sie es bleiben. Ihr Vater hatte seiner Schwester gegenüber endlich einmal Mut bewiesen und sollte diesen kleinen Sieg für sich verbuchen können. Wenngleich Robin die ganze Arbeit erledigt hatte. Aber was spielte das schon für eine Rolle? Hauptsache, Tante Dagmar reiste ab …

Angriff auf Sturmwind

In den kommenden Tagen versuchte Penny alles, um den Haushalt halbwegs zu bewältigen. Sie wollte, dass ihr Vater sich keine Sorgen machen musste, und tat ihr Bestes. Alle vier Moosburgers waren sehr erleichtert, dass Tante Dagmar wieder fort war.

Immer wieder spielte Penny mit dem Gedanken, Herrn Aringer anzurufen. Sie wollte so gerne wissen, wie es Sturmwind ging. Vielleicht hatte es sich doch noch herausgestellt, dass sie mit dem Brand nichts zu tun hatte. Aber wenn Herr Aringer so sehr von meiner Schuld überzeugt ist, wird er gar keine weiteren Nachforschungen anstellen, dachte sie und seufzte.

Zweimal rief sie auf dem Gestüt an, weil sie mit Thorsten reden wollte, aber jedes Mal meldete sich sein Vater, und Penny legte schnell wieder auf. Sie traute sich nicht, mit ihm zu reden, aus Angst, er würde sie wütend abweisen.

Am Mittwoch beschloss sie, doch zum Gestüt zu fahren und mit dem Besitzer zu reden. Sie hatte schon den halben Weg zurückgelegt, als sie dann doch der Mut verließ und sie wieder umkehrte.

Nach dem Abendessen saß sie auf der Bank vor dem Haus und blickte zum Himmel, der sich allmählich verfinsterte. Bald würden die Ferien zu Ende sein, stellte Penny mit Bedauern fest. Sie ging zwar nicht ungern zur Schule, aber ohne lebte es sich besser. Außerdem war sie sich noch nicht im Klaren darüber, was mit Robin und Milli geschehen sollte, wenn sie den halben Tag weg sein würde.

„Penny, kommst du mit? Ich fahre zum Gestüt von Herrn Aringer. Ein Pferd hat eine Schnittwunde!“, rief ihr Vater auf dem Weg zum Jeep.

„Welches Pferd?“, fragte Penny besorgt.

„Ich glaube der Haflinger. Er muss sich auf der Koppel am Zaun verletzt haben. Ist aber kein Grund zur Sorge.“ Der Vater runzelte die Stirn. „Ist was?“

Penny schüttelte den Kopf. „Nein, aber ich habe keine Lust mitzukommen.“

Ungeduldig wartete sie später im Wohnzimmer auf seine Rückkehr. Im Fernsehen lief ein kitschiger Liebesfilm, aber Penny konnte der Handlung nicht folgen. Ihre Gedanken waren bei Sturmwind und den anderen Pferden des Gestüts.

Endlich hörte sie das Knirschen des Kieses, als der Jeep über die Einfahrt gerollt kam. Sie lief ihrem Vater entgegen, der sie verwundert ansah. „Nanu! Womit habe ich die freundliche Begrüßung verdient, Penelope?“, fragte er, als er das Haus betrat.

Penny grinste verlegen. „Na ja, nur so. Ich wollte mir eigentlich was zu Knabbern aus der Küche holen“, schwindelte sie.

„Aha, das heißt, es interessiert dich nicht, was auf dem Gestüt los war“, sagte ihr Vater mit gespielter Lässigkeit.

„Doch, das weißt du ja.“

Plötzlich kam ihr der Verdacht, dass Herr Aringer ihrem Vater alles erzählt hatte. „Hat … hat er dir was gesagt?“, fragte sie vorsichtig.

„Ja, und ich wäre dir sehr dankbar gewesen, wenn du es mir vorher erzählt hättest, Tochter. Ich habe im ersten Augenblick wie ein ... wie ein Dummkopf dagestanden."

„Und im zweiten Augenblick?"

„Da habe ich gesagt, dass meine Tochter niemals so verantwortungslos handeln würde. Aber Herr Aringer scheint in die Idee völlig verbohrt zu sein, dass du an dem Brand schuld bist. Er will sogar, dass ich für den entstandenen Schaden aufkomme."

Penny murmelte etwas, dass sie alles bezahlen wollte. „Und wie geht es Sturmwind?", erkundigte sie sich.

„Gut, allerdings weiß ich nicht, wie gut es ihm ohne dich gehen kann. Er nimmt am Wochenende an einem Springturnier teil. Thorsten wird ihn selbst reiten", berichtete der Tierarzt. „Aber was ich dir noch sagen wollte: Diese Wunde des Haflingers ... die hat ausgesehen wie ein Messerschnitt. Ich werde das Gefühl nicht los, dass das Pferd absichtlich verletzt wurde. Allerdings habe ich meinen Verdacht für mich behalten, denn es hätte sonst so ausgesehen, als würde ich von dir und dem Brand ablenken wollen. Ich musste die Stelle nur vereisen und hatte sie mit drei Stichen genäht."

Penny wurde unruhig. „Sind die Pferde auf der Koppel?", fragte sie.

Ihr Vater nickte. „Ja, die letzten schönen Tage will Herr Aringer noch ausnützen. Ich habe ihm zwar geraten, sie im Stall zu lassen, aber er will nicht auf mich hören."

„Paps ... du ... darf ich noch zum Reiterhof fahren und nach Sturmwind sehen? Bitte!", bat Penny ihren

Vater. „Ich nehme Robin mit. Es kann mir nichts geschehen. Er verteidigt mich, du weißt das."

Dr. Moosburger nickte. Robin würde für Penny sein Leben geben, das wusste er. Schließlich hatte auch sie ihm das Leben gerettet.

„Meinetwegen, aber bleib nicht lange weg, und lass dich bitte nicht von Herrn Aringer erwischen", meinte er.

Es war ein langer Weg, und in der Dunkelheit erschien er Penny noch beschwerlicher als sonst. Aber nicht die Neugier trieb sie zur Koppel, sondern die Sorge. Irgendwie hatte sie das Gefühl, als würde etwas passieren. Ein schlimmer Vorfall, ein Unfall, eine Katastrophe. Vielleicht steigerte sie sich auch nur in etwas hinein, aber Penny zweifelte trotzdem nicht daran, dass auf dem Gestüt etwas nicht stimmte. Sie war sich noch immer nicht sicher, ob Thorsten damit etwas zu tun hatte oder nicht. Es gab da so viele Fragen, auf die sie keine Antwort wusste. Und vor allem wollte sie herausfinden, wer die Kerze in den Stall gestellt hatte.

Der Himmel war sternenklar in dieser Nacht, und der Halbmond leuchtete herab. Sein blasses, fahles Licht ließ die Landschaft gespenstisch erscheinen. Bäume, Sträucher und Steine schienen zu wachsen oder auch zu schrumpfen, menschliche Gestalt anzunehmen, Arme und Hände zu bekommen und Fratzen, die sie anstarrten.

Als Penny die Koppel erreichte, war es bereits kurz nach zehn.

Die Weide lag still und friedlich vor ihr. Vier Pferde standen darauf und schienen zu schlafen. Sie hatten sich auf der großen Wiese verteilt, als wollten sie einander nicht stören. Ihre Silhouetten hoben sich scharf gegen den Nachthimmel ab.

„Dort ist Leo!“, murmelte Penny. „Und das ist Luise, die Lipizzanerstute. Und nicht weit von dem Pony entfernt steht Sturmwind!“

Das Mädchen rief zärtlich seinen Namen, aber Sturmwind war zu weit entfernt, um sie zu hören. Die Tiere machten einen so friedlichen Eindruck, dass Pennys Sorge unbegründet zu sein schien.

Da sie jedoch den langen Weg auf sich genommen hatte, wollte sie jetzt nicht sofort zurück. Die Luft war lau und angenehm, und deshalb setzte sie sich auf den Zaun der Koppel und betrachtete die ruhenden Pferde.

Da fing Robin zu knurren an. „Pssst, still!“, warnte ihn Penny, aber der Hund hörte nicht auf sie. „Was ist? Eifersüchtig, oder was?“

Robin senkte den Kopf. Irgendetwas schien ihn zu stören. „Was hast du denn?“, fragte sie ratlos. Am Zucken seiner Ohren erkannte sie, dass er ein Geräusch vernommen hatte.

Wahrscheinlich eine Maus!, dachte Penny. Es war schon einmal passiert, dass Robin sich mitten in der Nacht wie ein Verrückter aufgeführt hatte, nur weil eine Maus in seiner Nähe auf Futtersuche war.

Das Mädchen sprang vom Zaun und kraulte und streichelte den Hund. Trotzdem aber ließ sich dieser nicht besänftigen. War da wirklich etwas?

Was Penny am meisten beunruhigte, war die Tatsache, dass Robin in die Richtung starrte, in der Sturmwind stand.

Da! Der Hengst hob den Kopf und machte ein paar Schritte, blieb dann aber wieder stehen. Penny wartete noch einige Minuten, in denen jedoch nichts geschah. Robin war nicht mehr ganz so unruhig, wenngleich immer noch wachsam.

„Kommt, wir müssen nach Hause. Wenn ich daran denke, wie weit das ist, wird mir ganz schlecht!“, sagte Penny zu den Hunden und marschierte zu ihrem Fahrrad. Sie bückte sich, um Milli in den Korb zu heben. Als sie aber losfahren wollte, stellte sie fest, dass in ihrem Hinterreifen kaum noch Luft war. Jetzt verstand sie auch, wieso die Herfahrt so anstrengend gewesen war. „Nein, was mache ich jetzt?“, stöhnte sie.

In diesem Augenblick ertönte ein lautes Wiehern auf der Koppel. Penny erkannte es sofort. Das war Sturmwind. Sie setzte Milli wieder auf den Boden. So schnell sie konnte, rannte sie zur Koppel zurück und wurde Zeuge eines unglaublichen Vorganges: Neben Sturmwind war eine menschliche Gestalt aufgetaucht. Im Mondlicht erkannte das Mädchen nur Umrisse und konnte daher nicht sagen, um wen es sich handelte. Aber etwas sah sie ganz deutlich: Die Gestalt hielt ein blitzendes Messer in der Hand, ein langes Küchenmesser, mit dem sie auf Sturmwind losging. Sie stach auf das Pferd ein, das sich wild aufbäumte und ängstlich wieherte.

„Nein! Nicht!“, brüllte Penny. Nun wusste sie, warum Robin so unruhig gewesen war. Der Unbekannte musste schon länger im Gebüsch gelauert haben. Als er dachte, sie wäre gegangen, hatte er sich auf die Koppel geschlichen.

„Nicht!", brüllte Penny wieder, kletterte über den Zaun und rannte auf Sturmwind zu. Milli schlüpfte unter dem untersten Balken durch, und Robin sprang mit einem mächtigen Satz über die Umzäunung. Das Pferd stieg immer wieder und schnaubte, aber die dunkle Gestalt ließ nicht ab von ihm, sondern stach mehrmals zu.

Robin bellte immer lauter. Es war ein wildes, drohendes Bellen, wie das eines Killerhundes.

Als der Unbekannte Penny und die beiden Hunde auf sich zukommen sah, stach er ein letztes Mal zu und verschwand dann im Gebüsch. Sturmwind bäumte sich noch immer auf und wieherte herzzerreißend.

Penny traten die Tränen in die Augen. Sturmwind musste schwer verletzt sein, bestimmt blutete er stark. „Ich komme, ich helfe dir! Ich bin gleich da!", rief sie ihm zu. Das aufgebrachte Pferd schlug wild mit den Hufen um sich, und Penny wurde bewusst, dass sie ihre Hunde in Sicherheit bringen musste. „Milli, hierher!", rief sie, aber die Hündin war nirgends zu sehen. „Robin, such Milli, such!", befahl sie. Der Berner Sennenhund aber war zu aufgeregt. Er wollte lieber dem Unbekannten nachstellen. „Um Himmels willen! Milli … wo steckst du?", schrie Penny verzweifelt.

Keine Antwort, kein Kläffen, nichts. Oder doch? Ja, ein leises Jaulen. Aber kam es nicht aus einer anderen Richtung?

In diesem Augenblick sprang Robin immer näher an Sturmwind heran. „Zurück, zurück, Platz!", schrie Penny. Ihre Stimme versagte, und sie brachte plötzlich nur noch ein Krächzen zustande. „Robin!", keuchte sie. „Robin, Platz!" Der Berner Sennenhund gehorchte, sprang aber gleich darauf wieder auf und folgte seinem Frauchen, das versuchte, sich dem verletzten Hengst zu nähern.

„Ruhig … ganz ruhig … ich helfe dir … Sturmwind, ich helfe dir“, keuchte sie. „Ruhig … ruhig … ruhig!“ Aber das Pferd wurde nicht ruhiger und galoppierte wild über die Koppel. Am anderen Ende blieb es stehen und schüttelte sich.

Penny versuchte ihre Gedanken zu ordnen. Wo war Milli? Das musste sie als Allererstes herausfinden.

„Robin, such Milli, such!“, befahl sie dem Sennenhund. Robin gehorchte und verschwand in der Dunkelheit. Nach einigen Sekunden begann er zu bellen. Penny eilte in seine Richtung und fand die Tibetanische Tempelhündin. Sie steckte mit den Hinterbeinen in einem Erdloch. Offensichtlich war sie in einen Maulwurfsbau eingebrochen. Das Mädchen befreite die Hündin und nahm sie auf den Arm. Ihr langes Fell war mit Erde verklebt.

„Langsam, ganz langsam, Robin, warte hier, bitte!“, sagte sie zu dem Sennenhund. Er verstand und legte sich nieder. Penny setzte Milli neben ihn und hoffte, dass sie da bleiben würde.

Dann näherte sie sich vorsichtig Sturmwind. Der Hannoveranerhengst scharrte mit dem rechten Vorderhuf und warf den Kopf zurück, blieb aber stehen.

Es gelang Penny, nahe an das Pferd heranzukommen. Sie redete mit sanfter Stimme auf es ein und tätschelte seinen Hals. Dabei betrachtete sie prüfend seinen Körper.

Wohin führt die Spur?

Pennys Freude kannte keine Grenzen. Sturmwind war unverletzt! Der Unbekannte hatte zwar zugestochen, ihn aber nicht getroffen. Der Hengst musste jedes Mal geschickt ausgewichen sein.

„Mein Sturmwind! Gutes Pferd, braves Tier!“, rief sie erleichtert und streichelte sein seidiges Fell. Ganz beruhigt hatte sich Sturmwind aber noch nicht, denn ohne Vorwarnung rannte er los und preschte davon. Milli und Robin konnten sich gerade noch rechtzeitig in Sicherheit bringen.

Jetzt oder nie!, dachte Penny, vielleicht können wir herausfinden, wer das war. Sie pfiff die beiden zu sich.

Dann führte sie den Sennenhund zu der Stelle, wo sich der Vorfall ereignet hatte, und deutete auf das Gras und das Gebüsch. „Such, Robin, such!“, trug sie ihm auf, obwohl Robin nicht besonders gut war im Aufnehmen von Spuren.

Der Sennenhund schnupperte am Boden und steuerte dann auf das Gebüsch zu, hinter dem der Täter verschwunden war. Das war ein gutes Zeichen. Er schien tatsächlich eine Fährte gewittert zu haben. Hoffentlich war es die richtige und führte nicht zu einem Fuchsbau.

Der Hund robbte unter der Umzäunung durch und schnupperte weiter.

Die Koppel war an der Seite, die an das Gestüt angrenzte, von einer hohen Hecke umgeben.

Penny wusste das und wunderte sich, warum Robin sie dorthin führte. „Bist du sicher?“, fragte sie ihn. Doch der Sennenhund war nicht zu bremsen. Er verfolgte die Spur immer weiter und erreichte schließlich das Haustor. Pennys Herz raste, und das Blut rauschte in ihren Ohren. Das ... das war doch nicht möglich? Der Täter, der Sturmwind mit dem Messer angegriffen hatte, sollte sich hier aufhalten? Hatte Thorsten etwa doch die Finger im Spiel?

Penny brach der Schweiß aus, und ihre Hand zitterte, als sie sie nach der Klinke ausstreckte. Sie bekam das kühle Messing zu fassen und drückte es nieder. Die Tür war nicht abgesperrt. Penny zögerte. Sollte sie jetzt aufs Ganze gehen? Sollte sie Robin den Befehl geben, weiterzusuchen, um die Wahrheit herauszufinden? Sie tat etwas Verbotenes: Sie drang in ein fremdes Haus ein. Und wenn sich herausstellte, dass der Hund sich irrte? Es konnte auch nur Zufall sein, dass die Spur vom Haus zur Koppel führte. Jemand anders könnte hier gegangen sein. Herr Aringer oder vielleicht sogar ihr Vater. Er war schließlich auch auf der Koppel bei den Pferden gewesen.

Aber ... Herr Aringer und Paps haben bestimmt das Gatter neben dem Haus benutzt und nicht den Umweg hinter der Hecke entlang gemacht. Außerdem sind sie sicher nicht über den Zaun geklettert, überlegte Penny.

Robin nahm ihr die Entscheidung ab. Er stürmte einfach weiter, hastete die Treppe nach oben in den ersten Stock und stellte sich bellend vor eine Zimmertür. Penny fuhr siedend heiß der Schreck durch die Glieder. Jetzt waren alle Bewohner des Hauses wach. Jetzt gab es Krach. Sie wollte am liebsten weg, aber dafür war es zu spät.

Der Sennenhund war so aufgebracht, dass er nicht mehr auf sein Frauchen wartete, sondern sich eigenmächtig Zugang in das Zimmer verschaffte. Er sprang auf die Klinke und öffnete die Tür. Eine Frau schrie auf.

Penny raste nach oben.

War das möglich? Die Spur führte zu Tatjana Malkowsky. Die Frau saß noch völlig bekleidet auf dem Bett und starrte den Hund mit weit aufgerissenen Augen an. Dann blickte sie hoch zu Penny, und ihre Lippen begannen zu zittern. „Pferd und Mädchen dürfen kein Glück haben!“, stieß sie hervor. „Kein Glück, keine Freude, keinen Erfolg. Tod und Verderben über alle Pferde und alle Mädchen. Tod! Tod! Tod!“ Sie begann zu kreischen und mit den Fäusten auf das Kopfkissen einzuschlagen. Robin wich zurück, und Penny starrte die Frau fassungslos an.

„Was ist hier los?“, polterte Herr Aringer. Er trug einen altmodischen Morgenmantel. „Was willst du hier? Verschwinde!“, fauchte er Penny an.

„Aber … aber jemand hat Sturmwind niederstechen wollen. Es war Frau Malkowsky“, rief Penny.

„Rede keinen Unsinn, du Lügnerin. Zuerst verdächtigst du meinen Sohn und jetzt Frau Malkowsky“, tobte der Gestütsbesitzer. Er schob Penny unsanft zur Seite und betrat das Zimmer. Jetzt erst bemerkte Penny das lange Messer, das unter der Bettdecke hervorschaute. In diesem Augenblick zog Frau Malkowsky es hervor, sprang auf und hielt es drohend in die Höhe. „Tod allen Mädchen und Pferden!“, brüllte sie.

Herr Aringer packte Penny, riss sie nach draußen und schlug die Tür zu.

Gleich darauf krachte das Messer von innen gegen die Holztür. Zum Glück steckte außen der Schlüssel, den der Gestütsbesitzer rasch umdrehte.

„Schnell, die Frau braucht dringend einen Arzt!“, keuchte er.

Am nächsten Tag schlief Penny fast bis elf Uhr morgens. Sie war erst gegen zwei Uhr früh nach Hause gekommen, nachdem ihr Vater sie vom Gestüt abgeholt hatte. Sie hatte ihn gleich angerufen, nachdem Herr Aringer nach dem Notarzt telefoniert hatte. Dr. Moosburger hatte Sturmwind untersucht und keine Verletzungen feststellen können. Frau Malkowsky schien den Hengst nur erschreckt zu haben und war glücklicherweise nicht an das Pferd herangekommen.

„Was hat sie? Wieso ist sie so durchgedreht?“, hatte Penny ihren Vater auf der Heimfahrt gefragt.

„Ich nehme an, dass sie geisteskrank ist“, hatte der Tierarzt vermutet.

Als Penny gerade frühstückte, kam ein Anruf vom Reiterhof. Thorsten war dran.

„Mensch, Penny, du bist ein Prachtstück!“, lobte er sie. „Ohne dich wäre mein Pferd vielleicht schon verblutet. Und deine Hunde sind auch die Allergrößten!“

„Wisst ihr schon, warum sie das getan hat?“, fragte Penny.

„Ja. Angeblich war sie als Dressurreiterin sehr erfolgreich, wurde dann aber von einem Pferd abgeworfen und verletzte sich schwer am Bein. Seitdem konnte sie nicht mehr an Turnieren teilnehmen, was sie nie verkraftet hat. Sie gab dann Reitunterricht. Den Groll und den Zorn, den muss sie tief in sich begraben haben. Sieht so aus, als ob du und Sturmwind ihn wieder geweckt habt. Aber das ist nicht deine Schuld, sondern ein Zufall!", fügte er sofort hinzu. „Aber jetzt möchte dich noch mein Vater sprechen. Warte, ich verbinde!"

Thorsten reichte den Hörer weiter an Herrn Aringer, der ziemlich verlegen klang. „Ich ... also ich möchte mich bei dir entschuldigen", sagte er. „Die Kerze hat natürlich auch Frau Malkowsky in den Stall gestellt. Sie hat dich wahrscheinlich beobachtet, wie du hineingeschlichen bist. Penny, es tut mir unendlich Leid. Ich bin ein alter, misstrauischer Mann und schäme mich dafür. Ich habe mich auch bei Thorsten entschuldigt, weil ich in letzter Zeit sicher oft ungerecht zu ihm war. Er ist ein sehr verantwortungsbewusster junger Mann geworden. Und du, du bist ein großartiges, tapferes Mädchen. Bitte komm wieder zu uns und verzeih mir."

„Klar!", sagte Penny, mehr fiel ihr in diesem Augenblick nicht ein.

„Thorsten fährt morgen mit Sturmwind zu einem Springturnier, aber wenn er wieder zurück ist, kannst du bestimmt wieder auf dem Hannoveranerhengst reiten!"

Nachdem Penny aufgelegt hatte, stieß sie einen Jubelschrei aus. Sie tanzte ausgelassen durch die Küche, und die beiden Hunde hüpften aufgeregt und freudig bellend um sie herum. „Das Leben kann so schön sein!", jubelte sie.

Pennys größter Irrtum

Penny ahnte Schlimmes. Die Stimme von Frau Schlögel hatte nicht gerade fröhlich geklungen. Sicherlich gab es Probleme. Als sie ihrem Vater von dem Anruf berichtete, wollte er nicht einmal das Frühstück abwarten und sofort losfahren. „Ich fürchte ... sie ... wird mir den Kleinen zurückgeben. Sie kommt damit nicht zurecht ... sie ist noch zu traurig!"

Als Penny merkte, wie beunruhigt ihr Vater war, beschloss sie, ihn zu begleiten.

Die alte Dame rief ihnen vom Küchenfenster aus zu: „Bitte das Gartentor schnell öffnen und schließen!"

Vater und Tochter blickten einander fragend an. Was hatte das zu bedeuten? Sie traten ein und kamen über einen sauberen, von jeglichem Unkraut befreiten Kiesweg zu dem Haus, das Frau Schlögel seit mehr als vierzig Jahren bewohnte. Über eine kleine Betontreppe erreichten sie den Eingang. Frau Schlögel wartete in dem Vorzimmer auf sie. Die Einrichtung sah aus, als wäre die Zeit vor vierzig Jahren stehen geblieben.

„Guten Tag, Herr Doktor!", sagte die Frau mit ernster Miene und schüttelte Dr. Moosburger die Hand. Dann begrüßte sie Penny. „Bitte nehmen Sie Platz!" bot sie den beiden an. „Wollen Sie eine Tasse Kaffee?"

Der Tierarzt nahm das Angebot nur allzu gerne an, denn ohne seinen Morgenkaffee war er nicht wirklich munter.

„Kuchen?" Frau Schlögel zeigte auf einen frisch gebackenen, duftenden Marmorkuchen. Penny und ihr Vater griffen gerne zu.

Als sie mit allem versorgt waren, wagte Dr. Moosburger vorsichtig zu fragen, was der Grund des Anrufes gewesen war. Frau Schlögel nickte ernst. „Ich muss etwas mit Ihnen besprechen. Etwas sehr Wichtiges. Sie haben mir den Frischling gebracht, weil er keine Mutter hat. Nicht wahr?"

Dr. Moosburger bejahte.

„Na ja. Ich wollte ihn überhaupt nicht. Ich habe immer nur an meinen Rolfi denken müssen."

Dr. Moosburger blieb fast der Bissen im Hals stecken. Was war geschehen?

„Und dann ... dann habe ich mich dorthin gesetzt, wo Sie jetzt sitzen, und ich habe ... also ich habe mir gesagt: Herta, es ist Zeit, dass du gehst. Es hat alles keinen Sinn mehr." Frau Schlögel kämpfte mit den Tränen.

„Und dann?", fragten Penny und ihr Vater, den Mund voller Kuchen.

„Dann ist die Sissy gekommen und hat gegrunzt. Es hat geklungen, als würde sie mich auslachen. Sie hat sich mitten in der Küche hingestellt und laut gegrunzt", erzählte die Frau weiter. „Und ich habe lachen müssen und gleichzeitig sind mir die Tränen über die Wangen gelaufen. Da habe ich mir einen Ruck gegeben, bin aufgestanden und habe die Sissy gefüttert. Mit gekochten Kartoffeln, die noch vom Rolfi übrig waren. Und sie hat sie ganz gierig gefressen, und plötzlich habe ich gewusst, dass das Leben weitergeht. Und wissen Sie, was ich gedacht habe? Die Sissy braucht mich. Herr Doktor, ist das sehr dumm von mir?"

Der Tierarzt schüttelte langsam den Kopf. „Nein … wieso?“

„Ich habe mir gedacht, ich muss jetzt für sie da sein, und das habe ich auch vor. Aber ich will alles richtig machen, und deshalb müssen Sie sich ansehen, was ich getan habe. Bitte sagen Sie mir ehrlich, was Sie davon halten.“

Dr. Moosburger war noch immer fassungslos über die Wende, die dieser Besuch plötzlich genommen hatte. „Und Sissy ist der Frischling?“, fragte er.

Frau Schlögel nickte. „Und sie hört schon auf den Namen. Passen Sie auf!“

Die alte Frau stand auf und rief immer wieder den Namen Sissy. Es dauerte nicht lange, bis plötzlich das Scharren kleiner Hufe hörbar wurde und der Frischling in die Küche stürmte. Er bekam gleich eine Scheibe Schinken, den er genüsslich verdrückte, und grunzte zufrieden. Dr. Moosburger und Penny waren stumm vor Staunen.

„Komm, Sissy, jetzt zeigen wir dem Herrn Doktor und Penny, wo du wohnst!“, sagte Frau Schlögel. Der Frischling trippelte fröhlich neben ihr her, als wäre er ein Hund. Die Frau führte Vater und Tochter hinter das Haus, wo sich ein großer Gemüsegarten befand. Sissy hatte dort bereits deutliche Spuren hinterlassen. „Hier darf sie in der Erde wühlen, so viel sie will. Wissen Sie, das meiste Gemüse ist schon geerntet, und das restliche kann sie haben“, erklärte Frau Schlögel. Sie ging weiter zum Geräteschuppen, der jetzt aber ausgeräumt und zum Stall umfunktioniert war. „Da schläft die Sissy, und ich lege ihr immer eine Wärmflasche ins Stroh, damit sie sich wohler fühlt." Dann hatte sie noch eine Frage: „Herr Doktor, ich gehe mit ihr jeden Tag spazieren. Aber nicht mehr zur Landstraße, sondern zum Wald hinauf. Ist das in Ordnung?"

Dr. Moosburger nahm die Hand der alten Frau, drückte sie und meinte: „Wissen Sie, Frau Schlögel, was ich jetzt sage, soll keine Beleidigung, sondern ein Kompliment sein: Sie sind besser als jede Wildsau!"

Frau Schlögel lächelte beschämt und sagte nur noch leise: „Danke nochmals, dass Sie an mich gedacht und mir Sissy anvertraut haben. Vielen Dank!"

Als Penny und ihr Vater wieder im Auto saßen, meinte der Tierarzt: „Weißt du, wenn so etwas geschieht, dann macht mir mein Beruf Freude. Das sind die Sonnenseiten!"

Das Mädchen nickte und schaute zum Fenster hinaus. „Paps, der Reiterhof ist doch ganz in der Nähe. Könntest du mich bitte dort absetzen, ich möchte mich noch von Sturmwind verabschieden." Dr. Moosburger war einverstanden. Penny wollte später mit dem Bus zurückfahren.

Als sie eine Viertelstunde später den Hof betrat, sah sie vor dem Stall den Pferdetransporter stehen. Er war an einem dunklen Mercedes angehängt, und Sturmwind stand bereits darin, fertig zur Abfahrt.

Die Ladeklappe, die gleichzeitig als Rampe diente, war noch heruntergelassen. Deshalb wollte Penny sich unbedingt noch vergewissern, dass Thorsten auch dafür gesorgt hatte, dass dem edlen Hengst während des Transportes nichts geschehen konnte.

Das Mädchen stieg auf die Rampe, rief leise den Namen des Hengstes. Sie durfte ihn jetzt unter keinen Umständen aufregen. Aber auch an diesem ungewohnten Ort erkannte Sturmwind sofort die Stimme der jungen Reiterin und wieherte leise. Penny tätschelte seinen Hals, kraulte ihn unterhalb der Ohren und strich sanft über Nasenrücken und Nüstern.

Der Hengst war gut versorgt. Thorsten hatte ihm Schoner um die Gelenke gelegt und ihn kurz, aber nicht zu knapp im vorderen Teil des Transporters angebunden. Damit er während der Fahrt ein wenig abgelenkt war, lag etwas Heu in einer Art Raufe.

Penny lehnte ihre Wange an den Hals des Pferdes und flüsterte ihm zu: „Mach's gut, Sturmwind, und bring einen schönen Pokal zurück. Ich weiß, dass du es schaffst.“ Obwohl sie Thorsten noch nie auf Sturmwind gesehen hatte, fügte sie hinzu: „Thorsten wird dich schon gut reiten! Nächste Woche bist du wieder da, und dann komme ich. Dann reiten wir gemeinsam aus!“ Sturmwind hob und senkte den Kopf. Penny wusste, dass das keine Reaktion auf ihre Worte war, aber sie bildete sich trotzdem ein, er würde ihr zunicken.

Als Penny die Rampe herunterkam, warteten Robin und Milli bereits ungeduldig auf sie. Die beiden Hunde schienen zu spüren, dass es sich um eine besondere Situation handelte, denn sie hatten sich auffallend ruhig verhalten und keine Eifersucht gezeigt. Penny lobte und streichelte ihre vierbeinigen Freunde und musste wieder einmal darüber schmunzeln, dass Robin vier und Milli drei weiße Pfoten hatte. Die vierte Pfote, die schwarz war, war manchmal, wenn sie im Schatten stand, nahezu unsichtbar.

Wie hatte doch Romeo vor ein paar Tagen gesagt? – „Ab jetzt kämpfen sieben Pfoten für Penny! Nehmt euch in Acht!“ Er hatte Recht gehabt. Gemeinsam mit ihren Hunden war sie stark, obwohl sie das zum Glück im Augenblick nicht sein musste.

Das Mädchen ging an dem Auto vorbei und wollte zum Haus, um sich von Thorsten zu verabschieden. Die Fahrertür stand offen, und auf dem Sitz lag eine Straßenkarte. Jemand hatte mit rotem Filzstift die Strecke eingezeichnet, die zu fahren war. Erst jetzt fiel Penny ein, dass sie gar nicht wusste, wohin die Reise ging und an welchem Turnier Sturmwind teilnahm. Sie beugte sich in den Wagen und betrachtete die Landkarte. Ein Ortsname war eingekringelt, und als Penny ihn las, zuckte sie erschrocken zusammen. Pardubitz hieß das Ziel der Reise. Grauenhafte Bilder voll Brutalität, Schmerz und Tod tauchten in Pennys Kopf auf.

„Hallo, Penny!“, rief eine Stimme hinter ihr.

Penny richtete sich so schnell auf, dass sie sich den Kopf am Türrahmen anschlug. Es tat höllisch weh und würde sicher eine dicke Beule geben.

Hinter ihr stand Thorsten mit frisch gewaschenem seidigen Haar, bekleidet mit einem weißen Hemd und weißen Jeans. Er sah umwerfend aus, aber Penny ließ sich von seinem Äußeren nicht blenden. „Sag, dass es nicht wahr ist!“, zischte sie. „Sag, dass du mit Sturmwind nicht an der Pardubitzer Steeplechase teilnimmst! Sag es, los!“

Augenblicklich verschwand das Lächeln aus Thorstens Gesicht. Seine Züge waren plötzlich wie versteinert.

„He, was ist, wir müssen los!“, rief ein junger Mann, der hinter ihm aufgetaucht war. Penny erkannte ihn gleich wieder. Er war mit Thorsten auf dem Rummelplatz in St. Gilgen gewesen.

„Weiß dein Vater davon?“, fragte Penny scharf.

Thorsten umklammerte brutal ihre Handgelenke und zischte drohend: „Jetzt hör mir gut zu, Kleine! Halte dich gefälligst …“

Er brach jäh ab, denn Robin grub seine Zähne in seinen Unterarm. Der Sennenhund war an ihm hochgesprungen und hatte ihn fest gepackt, aber noch nicht zugebissen. Es sollte eine Warnung sein, Penny sofort loszulassen. Thorsten verstand sie, funkelte Penny wütend an und sagte: „Komm mit hinter den Stall. Wenn du dich weigerst, könnte es demnächst für dich eine böse Überraschung geben. Und jetzt lächle, mein Vater steht am Fenster und beobachtet uns. Los, umarme mich!“

„Und wenn ich es nicht tue?“

„Einer meiner besten Freunde ist ein großartiger Schütze. Ich werde ihn bitten, einen deiner Köter ins Jenseits zu befördern. Das ist ein Kinderspiel für ihn. Es geschieht dann, wenn du überhaupt nicht damit rechnest. Und wenn du nicht gehorchst, dann werde ich ihm den Auftrag geben, beide Hunde abzuknallen.“

Penny wurde kreidebleich im Gesicht. Thorsten war eiskalt und hatte ein Herz aus Stein. Schon bei ihrer ersten Begegnung hatte ihr etwas an ihm nicht gefallen, ohne dass sie gewusst hatte, was es war. Aber jetzt zeigte er sein wahres Gesicht, und Penny erschrak zutiefst davor.

Widerwillig tat sie so, als würde sie Thorsten umarmen. Dann zog er sie ziemlich unsanft hinter das Stallgebäude. „Hör gut zu, ein einziges Wort zu meinem Vater, und du kannst deine Hunde abschreiben. Ich meine es ernst“, zischte er. „Sturmwind ist mein Pferd, und ich mache damit, was ich will. Endlich rückt der Alte mal was Brauchbares heraus, das ich zu Geld machen kann!“

Pennys Unterlippe zitterte. Sie konnte kaum sprechen. „A... a... aber das Hindernisrennen von Pardubitz ist das schwierigste und brutalste Pferderennen der Welt. Die Hindernisse sind alle zu hoch und zu breit. Jedes Mal gibt es neben den Siegern schwer verletzte oder getötete Pferde und Reiter.“

„Und für den, der durchkommt, winkt ein Preisgeld von einhunderttausend Euro und Sturmwind hat gute Chancen, es zu schaffen!“, fiel Thorsten ihr ins Wort.

„Und wenn er es nicht schafft? Wenn er sich das Genick bricht?“

„Dann kassiere ich noch immer fünfzigtausend. Das ist die Summe, die ich von der Versicherung erhalte. Mein guter Freund Rudi hat es möglich gemacht. Bei diesem Rennen gewinnt immer einer: Und diesmal werde ich es sein. Ich habe es satt, von meinem Alten ewig an der kurzen Leine gehalten zu werden. Ich will endlich was von seinem Geld sehen. Und zu deiner Beruhigung, ich selbst werde Sturmwind nicht reiten. Ich habe nicht die Härte für dieses Rennen. Alfons wird das übernehmen. Er war schon zweimal am Start.“

Penny wollte noch einmal versuchen, Thorsten von seinem Vorhaben abzubringen. „Aber, du …!“

„Ende, wir müssen fahren. Penny, du kennst die Spielregeln. Wenn mein Vater irgendetwas erfährt, lasse ich deine Köter abknallen. Wage es nicht, den Mund aufzumachen. Und jetzt komm brav zum Wagen mit und winke mir zum Abschied!“

Penny folgte ihm widerstrebend und hatte Mühe, nicht mit den Fäusten zuzuschlagen.

„Ciao, Liebes“, hauchte Thorsten, packte sie und presste seine Lippen brutal auf ihre. Penny biss ihm vor Wut in die Lippe. Thorsten zuckte zurück, hielt sich die Hand vor die blutende Wunde und säuselte zuckersüß: „Auch dafür wirst du noch büßen, kleines Biest.“

Schnell schwang er sich in das Auto seines Vaters, ließ den Motor an und brauste los.

Herr Aringer kam aus dem Haus und trat neben Penny. „Ein seltsamer Abschied, nicht wahr?“, sagte er unvermutet.

Penny blickte ihn fragend an. Wusste er am Ende etwas? „Wie meinen Sie das?“

„Sturmwind sollte eigentlich nicht mehr an Turnieren teilnehmen. Aber Thorsten hat mir klar gemacht, dass ein Springpferd das braucht: die Herausforderung, den Kampfgeist, die Spannung. Er scheint sich mit Pferden besser auszukennen, als ich dachte. Ach, Penny, ich werde aus ihm nicht klug. Einmal wirkt er so erwachsen, verantwortungsbewusst, stark. Und dann wieder sagt er etwas, das ihn in meinen Augen als dummen, verzogenen Jungen erscheinen lässt.“ Kopfschüttelnd ging der alte Mann auf das Haus zu.

Penny war wild entschlossen, ihm die Wahrheit zu sagen! Dann aber sah sie Robin und Milli zu ihren Füßen und schrak davor zurück. Sie wusste, dass Thorsten seine Drohung wahr machen würde. Sie traute es ihm zu. Den Hunden durfte unter keinen Umständen etwas zustoßen. Aber auch Sturmwind musste gerettet werden. Er durfte nicht an den Start gehen. Nur: Wie konnte sie das verhindern?

Bis zum Rennplatz nach Pardubitz in Tschechien würde Thorsten sicher gut für ihn sorgen. Sie musste nur verhindern, dass Sturmwind ins Rennen ging. Sie wusste, dass das Rennen am Samstagnachmittag stattfand. Es musste ihr gelingen, pünktlich nach Pardubitz zu kommen. Aber sie durfte ja niemandem von der Sache erzählen.

Ich war ein Dummkopf!

Herr Aringer, könnten Sie mich und die Hunde nach Hause fahren?", bat Penny den Gestütsbesitzer. Doch dessen wagen hatte sich Thorsten ausgeborgt. Da der nächste Bus erst gegen Abend fuhr, blieb ihr nichts anderes übrig, als zu Fuß zu gehen – und das dauerte fast zwei Stunden! Hungrig und erschöpft kam sie zu Hause an. Robin und Milli hingegen hatten den langen Spaziergang genossen.

Penny schnappte sich das schnurlose Telefon und schloss sich damit in ihrem Zimmer ein. Sie durchsuchte die Taschen sämtlicher Jeans, konnte aber nicht finden, wonach sie suchte. Mist, welche Hose hatte sie neulich angehabt, als sie bei der Zeitung war? Die grüne? Nein, die rote! Aber die war in der Wäsche, da Robin mit schmutzigen Pfoten an ihr hochgesprungen war. Hoffentlich hatte Tante Dagmar sie nicht noch vor ihrer Abreise gewaschen.

Die Hose war bereits gewaschen und hing zum Trocknen im Wirtschaftsraum. Der Stoff war noch steif, und in der Aufregung fand Penny zuerst überhaupt nichts. Nur mit der Ruhe, ermahnte sie sich selbst. Der Zettel konnte nur in der rechten Tasche sein. Und tatsächlich, sie fand etwas Verwaschenes, Zerknittertes, Weichgespültes, das sie mit zittrigen Fingern auseinander zog. Die Schrift war zu einem großen Teil noch lesbar. Nur zwei Ziffern waren undeutlich. Egal, sie würde eben alle der Reihe nach durchprobieren.

Bereits beim neunten Anlauf gelang es Penny, die richtige Telefonnummer herauszufinden. „Hallo, hier Penny Moosburger", rief sie, nachdem sich eine Frauenstimme gemeldet hatte. „Wohnt bei Ihnen ein Ivan?"

„Ja, Moment!", sagte die Frau. Wenige Sekunden später meldete sich Ivan.

„Ich bin es, Penny, und ich muss dir was Wichtiges sagen", sprudelte sie los. „Ich bin der größte Dummkopf aller Zeiten. Wie konnte ich nur auf seine schönen Augen hereinfallen! Jetzt habe ich die Quittung dafür bekommen. Ich weiß nur, dass Thorsten ein mieser Kerl ist. Ivan, er hat etwas Schreckliches vor! Ich flehe dich an, Ivan, hilf mir bitte!"

Einen Moment lang war es still in der Leitung. Dann hörte Penny Ivans Stimme, sie klang rau, als habe er einen Frosch im Hals. „Ich helfe dir gerne", sagte er gerührt. „Es ... es hat mir so wehgetan, dass du mich neulich links liegen gelassen hast", gestand er. Gleich darauf klang er wieder fröhlich und war wieder ganz der Alte. „Schwamm darüber! Und was sollen wir machen? Ich bin zu allen Schandtaten bereit, wenn wir diesem Dreckskerl eins auswischen können."

Penny erzählte ihm von Sturmwind und dem brutalen Rennen. Ivan fasste einen Entschluss: „Penny, es bleibt uns nur eines übrig: Wir müssen nach Pardubitz und verhindern, dass das Rennen stattfinden kann. Wir setzen uns einfach auf die Rennstrecke. Wir machen alles, damit die Reiter nicht starten können."

Das klang gut. Penny war sofort dabei. „Aber wie kommen wir hin, Ivan?"

„Ich werde mir ein Auto leihen!" Als er Pennys

Schweigen spürte, fügte er schnell hinzu: „He, ich dachte, es ist alles klar! Ich habe nie die flotten Flitzer vor der Disko für Spritztouren benutzt. Das war Thorsten mit seinen Freunden. Die haben Wettrennen auf der Landstraße veranstaltet. Auch mit dem schwarzen Porsche, durch den die Sache aufgeflogen ist. Übrigens war in der Nacht von Samstag auf Sonntag wieder ein Wagen verschwunden, doch da ich nicht in der Nähe der Disko war, wusste der Besitzer, dass ich mit der Sache nichts zu tun habe. Er hat mir sogar meinen alten Job wieder angeboten, aber ich habe abgelehnt. Ich will was anderes machen. Vielleicht gehe ich als Koch auf ein Schiff. Aber zuerst müssen wir nach Pardubitz. Ich melde mich bei dir, sobald ich eine Karre habe."

„Aber sag kein Wort zu irgendjemandem", schärfte Penny ihm ein.

Nach dem Gespräch starrte sie noch lange auf den Hörer. Hoffentlich bekam Ivan schnell einen Wagen. Sie zitterte noch immer und schwitzte am ganzen Körper.

Schnell ging sie ins Bad, das schnurlose Telefon nahm sie mit. Nachdem sie sich geduscht hatte, frisierte sie ihr blondes Haar zu einem Pferdeschwanz, denn der war jetzt am praktischsten, und zog Jeans, T-Shirt und darüber einen Pulli an. So war sie jederzeit zum Aufbruch bereit.

Aber Ivan rührte sich nicht. Nervös blickte Penny alle fünf Minuten auf die Uhr. Kurz nach eins rief sie bei ihm an, aber niemand hob ab.

Um drei versuchte sie abermals, Ivan zu erreichen, doch vergeblich. Um vier hob noch immer keiner ab, und um fünf auch nicht. Penny saß wie auf heißen Kohlen, und vor Unruhe wurde ihr ganz übel. An Essen war nicht mehr zu denken.

Robin und Milli spürten genau, dass mit ihrem Frauchen etwas nicht stimmte. Sie wichen ihr nicht von der Seite, waren aber auch nicht aufdringlich oder lästig.

Ein paarmal klingelte das Telefon, aber es war immer nur Cornelia, die Kolumbus sprechen wollte. Penny bat ihren Bruder, das Liebesgeflüster kurz zu halten, da sie auf einen dringenden Anruf wartete. Vielleicht rief Ivan genau in der Zeit an, in der Kolumbus Cornelias Augenfarbe mit reifen Pflaumen verglich.

Um sieben Uhr war Penny vollkommen verzweifelt. Wie sollten sie es jetzt noch schaffen, rechtzeitig nach Pardubitz zu kommen? Es war unmöglich. Sturmwind war verloren. Sollte sie nicht doch Herrn Aringer informieren? Sie war bereits auf dem Weg zum Telefon, als es klingelte. Penny hob hastig ab.

„Ivan!“, schrie sie, als sie die Stimme des Jungen hörte.

„Es ist alles nicht so einfach“, sagte er. „Penny … ich … also … pass auf, ich bekomme einen Wagen von einem Freund, der nachts Zeitungen austrägt. Aber ich kriege ihn erst morgen früh um sechs. Wo treffen wir uns?“

Penny beschrieb ihm die Stelle, an der die Zufahrtsstraße der Hammerschmiede auf die Landstraße traf. Dort wollte sie kurz nach sechs auf ihn warten. „Glaubst du, wir schaffen es?“, fragte sie.

„Wenn wir es nicht versucht haben, werden wir es nie wissen“, antwortete Ivan.

An Schlaf war in dieser Nacht nicht zu denken. Penny wälzte sich unruhig von einer Seite auf die andere und hatte immer nur Bilder des grausamen Pferderennens vor Augen. Sie sah die vor Angst hervorquellenden Pferdeaugen, den Schaum vor den Mäulern, wenn die Tiere von skrupellosen Jockeys mit Peitschenhieben über die dreißig Hindernisse getrieben wurden. Sie sah Pferde, die sich beim Sturz die Beine gebrochen hatten. Ihre Körper krampften sich vor Schmerzen zusammen.

Wie konnten Menschen so herzlos sein und Pferde auf diese Wahnsinnsstrecke schicken? War es nur des Geldes wegen? Und wieso kamen so viele Zuschauer? Über vierzigtausend erschienen bei dieser halsbrecherischen Steeplechase. Bier trinkend und Würste essend weideten sie sich an der Angst der Pferde und ihren Stürzen.

Das schrecklichste der dreißig Hindernisse war der Taxusgraben, der aus einer zwei Meter hohen und hundertfünfzig Zentimeter breiten Hecke bestand. Dahinter befand sich ein fünf Meter breiter und zwei Meter tiefer Graben, in den viele Pferde stürzten und sich dabei sämtliche Knochen brachen. Penny konnte förmlich die Angst spüren, die die Pferde vor dem Absprung hatten, weil sie nicht sehen konnten, was sich hinter der Hecke befand. Über sechs Meter weit mussten die Tiere springen, um dieses Hindernis zu bewältigen, und dazu waren die meisten von ihnen an diesem Punkt des Rennens bereits viel zu erschöpft.

Penny musste aber auch an die grauenvollen Bilder denken, die sie im Fernsehen gesehen hatte. Tierschüt-

zer hatten versucht, das Rennen zu verhindern und genau das getan, was Ivan vorgeschlagen hatte. Sie hatten sich auf die Rennstrecke gesetzt, die querfeldein über Gras, Sand und Sturzacker ging. Sofort wurden sie von Wächtern brutal an den Haaren weggeschleift. Die Tierfreunde hatten protestiert und den gaffenden Zuschauern zugebrüllt, dass diese Steeplechase der reinste Pferdemord sei. Aber die Leute wollten davon nichts wissen und hatten in Sprechchören gefordert: „Schlagt die Typen tot!“ Einige der Streckenposten hatten das allzu wörtlich genommen und die Tierschützer krankenhausreif geprügelt.

Damals waren zwölf Männer ausgezogen, um das Rennen zu verhindern. Sie hatten es nicht geschafft. Wie sollten dann sie, Penny und Ivan, eine Chance haben?

Pech am laufenden Band

Bereits um fünf Uhr früh war Penny auf den Beinen. Sie hielt es im Bett nicht mehr aus und musste raus. Schnell schrieb sie einen kurzen Brief an ihren Vater, in dem sie ihn bat, ihr nicht böse zu sein. Sie hätte etwas Wichtiges zu erledigen und könnte ihm erst später davon erzählen. Sie verriet nur, dass es um ein Tierleben ging. Sie versprach, dass sie sich bald melden würde.

Als sie mit Milli und Robin um sechs Uhr an der Wegkreuzung eintraf, war es noch unangenehm kalt und feucht. Dichter Nebel hing zwischen den Bäumen. Um sich warm zu halten, schlug sie immer wieder mit den Armen um sich und lief im Stand.

Zehn Minuten nach sechs erschien Ivan. Als Penny das Auto sah, wusste sie, dass sie ihre Hoffnung begraben konnte. Die Klapperkiste war mindestens fünfundzwanzig Jahre alt und bestand nur noch aus Rost, der von ein wenig Lack zusammengehalten wurde.

„Ivan, mit dieser Karre schaffen wir es nie bis nach Pardubitz!“, jammerte Penny, als Ivan ihr die Wagentür öffnete. Robin nahm sofort auf der Rückbank Platz, Milli überlegte noch, ob der Wagen für sie fein genug war.

„Steig ein und gib Frieden!“, brummte der Junge, dessen Irokesenkamm schlapp zur Seite hing. Für langes Styling und Lacken war keine Zeit gewesen. Der Junge legte den Gang ein, was ein lautes Knirschen und Krachen auslöste, und fuhr los.

„Ivan, das schaffen wir nicht. Nie!“, wiederholte Penny.

„Willst du dableiben?“, knurrte Ivan. „Willst du aufgeben, bevor du es überhaupt versucht hast? Hast du einen anderen Wagen?“

Penny schüttelte stumm den Kopf.

„Dann halt die Klappe und drück fest die Daumen! Ich werde alles tun, was in meiner Macht steht. Leider kann ich mir keine flotten Flitzer borgen wie dein Freund Thorsten!“

„Er ist nicht mein Freund!“, protestierte Penny.

Ivan grinste. „Weiß ich doch, aber ich wollte, dass du wütend wirst und aufhörst zu jammern!“

Auf der Autobahn hatte Penny den Blick fast ständig auf der Tachometernadel. Sie zuckte ständig zwischen neunzig und hundert Stundenkilometern. Wenn nichts dazwischenkam, konnten sie es vielleicht schaffen. Sie wusste, dass Samstagvormittag bereits die erste Runde des Horrorrennens stattfand. Bis dahin mussten sie in Pardubitz sein. Ein winziger Funken Hoffnung bestand.

Aber dann nahmen ihr ein dumpfer Knall und das heftige Schlingern des Wagens auch den letzten Hoffnungsschimmer.

Ivan gelang es gerade noch, auf einen Parkplatz zu fahren, und seufzte: „Reifenpanne! Wir haben einen Platten! Und wenn du jetzt zu jammern anfängst, schmeiße ich dich raus. Hilf mir lieber beim Reifenwechsel!“

Eine Stunde später, in der sie sich von Kopf bis Fuß mit Öl und Dreck beschmiert hatten, war der Reifen gewechselt und die Fahrt konnte weitergehen. Penny zwang sich, nicht immer wieder auf den Tachometer zu schauen, sondern starrte mit unbewegter Miene durch die Windschutzscheibe.

Milli wurde unruhig, wimmerte und begann schließlich zu kläffen. Sie musste hinaus. Wahrscheinlich hatte sie wieder etwas Verbotenes gefressen und hatte nun Bauchschmerzen. Penny lief mit ihr über die Wiese eines Rastplatzes, doch die eigensinnige Hündin ließ sich mit ihrem Geschäft ziemlich Zeit.

Dreißig Kilometer später hechelte Robin immer heftiger. Er hatte Durst, genau wie Ivan. Sie fuhren also zur nächsten Tankstelle, wo sie auch gleich den Tank auffüllten.

Bald darauf verfinsterte sich der Himmel, dunkle Gewitterwolken türmten sich vor ihnen auf. Und schon öffnete der Himmel seine Schleusen. Als die Scheibenwischer ihres Wagens den Geist aufgaben, konnten sie nicht einmal mehr im Schritttempo weiterfahren. „Sing mir was vor oder erzähl mir etwas. Das Radio ist nämlich auch kaputt, und ich schlafe gleich ein!“, meinte Ivan.

Penny riss sich zusammen und erzählte, was sich in den vergangenen Wochen ereignet hatte. Ivan hörte interessiert zu. „Und was hast du zu berichten?“, fragte Penny.

„Na ja, das meiste kennst du ja von Thorsten“, brummte der Junge.

„Ja. Doch selbst wenn es stimmt, dass du vorbestraft bist, weiß ich, dass du heute anders bist. Sonst hättest du Thorsten nämlich windelweich geprügelt!“

Ivan nickte. „So ist es, ehrlich. Aber viele ... viele glauben das nicht. Nur wegen dem Blödsinn vor drei Jahren und wegen meiner Kluft und meinen Haaren."

„Wie alt bist du eigentlich?", wollte Penny wissen.

„Ich zähle schon dreiundzwanzig Jährchen!"

Es gab noch weitere Verzögerungen. Einmal leuchtete die Öllampe auf, und Ivan musste wieder zu einer Tankstelle fahren. Das Öl wurde gewechselt, was nicht nur ein Vermögen kostete, sondern auch viel Zeit. Danach flog ein Stein gegen die Windschutzscheibe, die von oben nach unten einen Sprung bekam, und außerdem verloren sie das Auspuffrohr. Jetzt tuckerte das Auto wie ein Traktor.

Es war stockdunkel und bereits nach dreiundzwanzig Uhr, als sie die Grenze erreichten.

„Wir ... wir können es noch schaffen", meinte Penny, die während der Fahrt immer wieder eingenickt war.

Ivan sah sie an und meinte: „Penny, ich kann die Augen kaum noch offen halten. Ich bin halb tot. Ich kann nicht weiter, wir müssen hier schlafen! Ich bin über vierzehn Stunden ununterbrochen gefahren, die Pannen nicht gerechnet."

„Aber ...!" Penny ließ die Arme sinken. „Ich verstehe schon ... entschuldige ... alles klar", meinte sie.

„He, aber wir können noch über die Grenze fahren, denn drüben sind die Hotels billiger, und ich hätte gerne ein Bett zum Ausstrecken. Richte deinen Pass her!"

Der Pass! Das Wort traf Penny wie ein Keulenschlag. Sie hatte ihn zu Hause vergessen. Auch die Impfpässe für Robin und Milli, ohne die sie wahrscheinlich nicht über die Grenze gelassen wurden. „Ivan … ich bin der größte Idiot aller Zeiten!“, sagte Penny leise. Alle Anstrengungen waren umsonst gewesen. „Wenn Sturmwind stirbt, bin ich schuld!“, sagte sie verzweifelt.

Ivan war so wütend, dass er am liebsten losgebrüllt hätte. Doch dann beherrschte er sich und fuhr auf den Parkplatz. Schweigend blieben sie eine Weile sitzen.

„Ich komme gleich wieder“, sagte Ivan schließlich und stieg aus. Er steuerte auf das Haus zu, in dem ein Imbisslokal und die Toiletten untergebracht waren.

Penny spürte ihren Magen knurren und hätte gerne einen Hamburger gehabt, aber sie besaß kein Geld mehr. Ivan hatte zwar noch etwas, aber sie wollte ihn nicht anpumpen. Da hungerte sie lieber.

Aufgeregt kam der Junge zurückgerannt und sprang in den Wagen. Er packte ihre Hand, drückte sie fest und sagte: „Penny … es ist ein Wunder geschehen!“

Eine Pfütze zur rechten Zeit

Penny sah ihn verschlafen an. „Ivan, wir haben kein Geld mehr ... ich meine nicht genug, um weiterzufahren“, sagte sie.

„Vergiss es! Du musst jetzt wieder wach werden. Wir haben nämlich eine Chance! Dort drin sind Thorsten und sein Jockey. Man lässt sie nicht über die Grenze, weil ihnen irgendein Papier für Sturmwind fehlt. Vorne auf dem Parkplatz steht der Pferdetransporter.“

„Was?“ Penny konnte es nicht fassen. „Das ... das gibt es nicht. Das ist ein Wunder!“

Ivan nickte heftig. „Jaja, die beiden sind stinksauer und warten auf einen Typ aus Wien, der ihnen den Wisch bringen soll. Aber er ist noch nicht da.“

„Was sollen wir machen?“, fragte Penny.

Ivan machte ein ratloses Gesicht. „Keine Ahnung. Aber vielleicht fällt dir was ein.“

Penny überlegte fieberhaft, aber immer wieder kam sie auf denselben Gedanken. „Ivan, wenn man etwas Verbotenes tut, um jemanden zu retten, ist das dann trotzdem strafbar?“

Der Junge fuhr sich ratlos durch den Irokesenkamm. „Äh ... das ist mir zu hoch...!“, brummte er.

„Vergiss es, ich sage, es ist nicht verboten, und du musst es deshalb machen!“

„Was?“

Mit wenigen Worten hatte Penny Ivan ihren Plan erklärt.

Der Junge war skeptisch. „Meinst du echt?"

Penny nickte. „Hast du einen besseren Vorschlag?"

Nein, den hatte Ivan nicht. „Gut, dann müssen wir jetzt leider warten und hoffen, dass alles so funktioniert, wie ich es mir vorstelle."

Es war Mitternacht. Penny und Ivan kämpften mit der Müdigkeit. Immer wieder nickte einer von ihnen ein, und der andere versuchte krampfhaft, sich wach zu halten. Denn wenn beide schliefen, übersahen sie das Wichtigste. Hin und wieder warf Penny einen Blick nach hinten zu den Hunden. Sie spielten jetzt eine wichtige Rolle.

Vierzig Minuten nach Mitternacht kam ein Porsche mit Wiener Kennzeichen und bog auf den Parkplatz ein. Ein Mann sprang heraus und rannte auf den Imbissladen zu.

Penny rüttelte Ivan. „Wach auf ... wach auf, es geht los!", rief sie.

Ivan rieb sich die Augen, streckte sich, gähnte laut und brummte: „Jaja ... ich bin bereit."

Ihre Sachen hatte Penny bereits zusammengesucht und in ihren Rucksack gestopft. Ivan zog den Autoschlüssel ab, und dann stiegen beide aus.

Penny öffnete die hintere Tür und sagte zu den beiden Hunden auf der Rückbank: „Ihr bleibt da! Robin, Platz, bis ich dich rufe!" Mit der flachen Hand machte sie eine Bewegung nach unten, die den Befehl noch bekräftigen sollte.

Ivan und Penny schlichen hinter den Kühlerhauben der parkenden Autos – sie gehörten wahrscheinlich den Grenzbeamten – zu dem Mercedes mit dem Pferdetransporter hin. Sturmwind gab keinen Laut von sich. Penny sah, dass links von dem Wagen mehrere Büsche standen, die den Parkplatz begrenzten. Sie reichte Ivan eine kleine Metallpfeife und sagte: „Du weißt, wann du pfeifen musst. Wundere dich nicht, dass du den Laut kaum hörst. Es ist ein sehr hoher Ton, den Robin gut kennt. Er wird sofort zu dir kommen, und Milli wird ihm folgen. Den Rest erledige ich."

Ivan nickte und ging in Deckung. Penny aber hastete geduckt über die Fahrbahn, vorbei an dem Flachbau, in dem sich die drei Männer befanden. Die Toiletteneingänge lagen auf der Rückseite. Ivan hatte ihr alles richtig geschildert. Die Tür zur Herrentoilette war von außen absperrbar. Penny blickte schnell nach beiden Seiten, um sich zu vergewissern, dass niemand sie bei ihrer Aktion beobachtete. Zur Sicherheit steckte sie sich die Haare in den Kragen ihres Pullovers, damit man sie in der Dunkelheit für einen Jungen hielt. Dann betrat sie den stinkenden Raum.

An der Grenze herrschte absolute Ruhe, worüber Penny sehr froh war, denn sie musste jetzt anhand der Geräusche erraten, was sich auf dem Parkplatz tat. Sie wartete einige Minuten und wurde immer unruhiger. Plötzlich vernahm sie Stimmen. Männerstimmen. Penny konnte aber nichts verstehen. Ein Motor wurde gestartet. Der Porsche ... das ist er! dachte sie und hoffte, dass sie sich nicht irrte.

In den folgenden Sekunden versuchte Penny sich vorzustellen, was jetzt gerade auf dem Parkplatz geschah. Waren Thorsten und sein Begleiter schon beim Mercedes? Schlossen sie ihn gerade auf?

Türen knallten. Sie mussten eingestiegen sein. Der Plan, den Penny sich ausgedacht hatte, war auf viele glückliche Zufälle gebaut, und die konnte sie leider nicht erzwingen.

Der Mercedes wurde gestartet. Jetzt musste Ivan in die Pfeife blasen. Da! Hundegebell! Es war Robin. Nun fiel auch das freudige Kläffen der kleinen Milli ein.

Penny wusste, dass die beiden Hunde jetzt in Richtung Mercedes stürmten. Aber nicht das Auto war ihr Ziel, sondern Ivan hinter dem Busch.

Der Motor wurde wieder abgestellt – genau wie geplant. Türen wurden aufgerissen. Thorsten schien die Hunde erkannt zu haben. „Was zum Teufel machen die da?“, schrie er.

Penny holte Luft und rief: „Robin, Milli, hierher!“ Schon wechselten die Hunde die Richtung und kamen auf sie zu. Thorsten und sein Freund folgten ihnen mit schnellen Schritten. Schnell ging Penny hinter der Toilettentür in Deckung und wartete. Der Berner Sennenhund und die Lhasa-Hündin stürmten durch die offene Tür und blickten sich ratlos um. Gleich darauf rasten auch Thorsten und sein Begleiter herein. „He, das ist das Herrenklo, hier ist die Kleine nicht!“, rief der Jockey.

„Aber die Hunde … das sind ihre!“, versicherte Thorsten.

Mist! Er hielt den Autoschlüssel in der Hand. Penny hatte gehofft, er würde ihn stecken lassen. Dieser Teil des Planes war also nicht aufgegangen. Robin und Milli standen im hinteren Teil des Raumes, wo die weißen

Pinkelbecken an der Wand hingen. Als Thorsten und der Jockey Penny den Rücken zukehrten, schlüpfte sie rasch aus dem Versteck und blieb auf der Türschwelle stehen. „Robin, Milli!“, rief sie. „Schnell!“ Sofort raste der Berner Sennenhund auf sie zu. Milli rutschte auf dem feuchten Steinboden aus und landete auf der Schnauze.

Thorsten drehte sich um und sah das Mädchen. „Das wirst du bereuen!“, rief er.

„Und schneller, als du denkst!“, grunzte sein Freund.

Penny blieb fast das Herz stehen. Der Jockey bückte sich nach Milli und hielt sie fest umklammert. Dabei grinste er hämisch.

„Robin, Feind!“, zischte das Mädchen. Das war einer der besten Tricks, die der sonst gutmütige Sennenhund beherrschte. Er fletschte die Zähne, zog die Lefzen in die Höhe, legte die Ohren flach nach hinten und knurrte drohend wie ein Killerhund. „Mit dem nächsten Befehl warte ich noch, weil ihn Robin sonst sofort ausführt, und das könnte blutige Folgen haben!“, kündigte Penny an.

Es war gelogen, aber das durchschaute Thorsten zum Glück nicht. „Lass den Hund los!“, befahl er dem Jockey.

Der Mann setzte Milli wieder auf den Boden. Die Hündin schüttelte sich empört und trabte auf Penny zu. Da es in dem Raum so anregend roch, blieb sie kurz stehen und pinkelte auf den Boden, genau zwischen Penny und Thorsten. Dann kehrte sie zu ihrem Frauchen zurück.

„Und jetzt die Schlüssel!“, forderte Penny.

„Du spinnst!“, meinte Thorsten. „Die kriegst du nicht!“

Penny stieß Robin mit der Fußspitze an, worauf dieser noch bedrohlicher knurrte. Thorsten bekam es mit der Angst zu tun. Er warf ihr die Schlüssel zu, genau in dem Moment, in dem sein Freund sagte: „Tu es nicht!“

„Raus, schnell!“, rief Penny und machte einen Schritt zurück. Doch sie hatte die kleine Stufe vor der Eingangstür vergessen. Penny stolperte und landete auf ihrem Hinterteil. Robin und Milli sprangen ihr nach und hielten das Ganze für ein lustiges Spiel. Penny versuchte, möglichst schnell wieder auf die Beine zu kommen, um ihre Verfolger einzusperren. Sie richtete sich auf, aber da hatten die beiden schon ihr Vorhaben durchschaut und stürzten in Richtung Ausgang. Penny griff schnell nach der Tür, bekam sie aber in der Panik nicht zu fassen. Thorsten und der Jockey würden es schaffen, aus dem Raum zu kommen.

Peng! Thorsten war ausgerutscht und hingefallen. Millis Pfütze war ihm zum Verhängnis geworden. Penny knallte die Tür zu und drehte den Schlüssel zweimal um. „Schnell, Hunde!“, rief sie und raste zum Mercedes.

„Wir können nicht, sie haben …“, begann Ivan, aber Penny ließ die Schlüssel wie ein Glöckchen zwischen den Fingern klingeln.

„Wir können!“, rief sie triumphierend.

Penny und Ivan hatten mit Robins und Millis Hilfe geschafft, was sie erreichen wollten. Sturmwind musste nicht an den Start des halsbrecherischen Rennens. Sie hatten den Hannoveranerhengst entführt!

In der nächsten Ortschaft riefen sie von einer Telefonzelle aus Herrn Aringer an. Er musste alles erfahren, falls sein Sohn die Dreistigkeit besaß, den Wagen als gestohlen zu melden. Penny erzählte dem Gestütsbesitzer von Thorstens Drohungen, und Herr Aringer beruhigte sie.

„Das halte ich für eine Lüge. Ich weiß, dass er sich nicht gerade in guten Kreisen bewegt, aber dazu wird sich kaum jemand hergeben. Verlass dich darauf, ich habe Mittel und Wege, Thorsten klar zu machen, welche Folgen das für ihn hätte, wenn einem deiner Hunde etwas zustößt.“ Dann fügte er traurig und leise hinzu: „Ich … also … ich … ich muss gestehen, dass ich all das befürchtet habe. Aber ich wollte es nicht wahrhaben. Thorsten ist nicht der Sohn, den ich mir gewünscht habe. Aber wahrscheinlich bin ich selbst daran schuld …“

Pennys Wunsch

Bereits am Sonntag unternahm Penny einen langen Ausritt mit Sturmwind. Als Penny den Hengst später im Hof mit Wasser abspritzte, was er besonders mochte, kam Herr Aringer, um ihr einige Neuigkeiten zu berichten.

„Fritz ist ab morgen wieder hier!“, sagte er. „Ich habe ihn ausfindig machen können und herausgekriegt, wieso er fristlos gekündigt hat. Thorsten hat nämlich herausgefunden, dass Fritz manchmal das Geld für die Reitstunden in die eigene Tasche gesteckt hat. Thorsten hat ihm gedroht, ihn zu verraten, wenn er nicht sofort kündigen würde. Und diese Schande wollte sich Fritz ersparen. Ich verzeihe ihm die Sache, denn als Reitlehrer und Pferdepfleger ist er unersetzbar.“

Penny verstand nicht ganz. „Aber wieso musste Fritz weg? Was hatte Thorsten davon?“

„Fritz hatte herausgefunden, dass Thorsten an der Steeplechase teilnehmen wollte, und setzte alles daran, den Start zu verhindern. Er drohte, mit mir darüber zu reden, und deshalb hat ihn mein feiner Sohn erpresst.“

„Was hat ihn nur so grausam und geldgierig gemacht?“, fragte Penny nachdenklich.

Herr Aringer seufzte: „Die Dummheiten, die meine geschiedene Frau und ich begangen haben. Wir haben den Jungen ganz fertig gemacht mit unseren Streitigkeiten. Vielleicht gelingt es mir doch noch, aus Thorsten einen anständigen Menschen zu machen. Ansätze

hat er ja, aber sie sind ziemlich verschüttet! Auf jeden Fall gehört Sturmwind nicht länger ihm. Penny, ich wäre sehr froh, wenn du möglichst oft kommen und ihn reiten würdest."

Das Mädchen versprach es gerne.

Noch etwas ereignete sich an diesem Sonntag: Dr. Moosburger musste das Versprechen einlösen, das er seiner Tochter gegeben hatte.

„Ich habe einen Wunsch bei dir frei", erinnerte ihn Penny. „Ich will, dass du Ivan kennen lernst."

Dr. Moosburger war wie vom Donner gerührt. Er wusste, wer Ivan war und was Penny vorhatte. Er wollte sich schon weigern, aber als er den strengen Blick seiner Tochter sah, wusste er, dass er sein Versprechen einlösen musste.

Die erste Begegnung zwischen dem Tierarzt und dem Punk verlief recht steif. Das lag vor allem an Dr. Moosburger, der Ivan wie einen Außerirdischen behandelte, der soeben gelandet war. Allerdings entging es Penny nicht, dass er mehr und mehr darüber staunte, wie freundlich und vernünftig Ivan ihm schilderte, wie er den Haushalt der Tierarztfamilie zu führen gedenke.

Zu einer Zusage war Pennys Vater vorerst nicht bereit. Am Sonntagabend beredete er die Sache dann aber mit seinen Kindern. „Morgen geht die Schule wieder los", sagte er. „In der Praxis wird mir Stefan, der Student, helfen – die meiste Zeit jedenfalls. Na ja, und hier … ich weiß nicht, ob Penny euch gesagt hat, dass sie…"

Kolumbus ließ ihn nicht ausreden: „Du meinst Ivan!

Klar, Penny hat ihn mir vorgestellt. Irrer Typ. Wenn er gut kochen kann, warum nicht?“

Romeo fand die Idee großartig und nahm sich vor, in dem unvermeidlichen Aufsatz über das schönste Ferienerlebnis zu schreiben, dass sie den ersten Haushälter der Welt mit grünen und pinkfarbenen Haaren hatten.

„Na ja, dann … dann sollten wir es versuchen!“, meinte Dr. Moosburger schließlich.

Penny fiel ihm um den Hals. „Super, Paps! Ich weiß, dass dir diese Entscheidung nicht leicht gefallen ist!“

„Aber kann er nicht etwas mit seinen Haaren machen?“, fragte der Tierarzt vorsichtig.

Penny telefonierte noch am gleichen Abend mit Ivan, der versprach, am nächsten Tag anzufangen. Über die Bezahlung würde er sich mit Pennys Vater schon einigen können.

Am Dienstag erschien er bereits mit einer neuen Frisur: Er hatte sich die Haare ganz kurz schneiden und schwarz färben lassen. Aber das war noch nicht alles. Außerdem hatte er sich auf dem Kopf Quadrate freirasieren lassen, sodass seine neue Frisur wie ein Schachbrett aussah!

Erst am Mittwoch kam Penny wieder dazu, Tagebuch zu führen. Ein Satz lag ihr besonders am Herzen. Sie schrieb ihn in das rosafarbene Heft: „In Zukunft lasse ich mich nicht mehr vom Aussehen eines Menschen täuschen. Ich verlasse mich auch nicht darauf, was andere über ihn sagen. Ich schaue ihn mir selbst an, und zwar gründlich. Denn sonst übersehe ich vielleicht auch einmal jemand besonders Nettes …“

Tatsächlich lernt Penny bald den netten Elvis kennen. Er ist Tiertrainer im „Safariland“, wo Penny für die Freiheit eines Delfins kämpft. Ein neues Abenteuer beginnt … *

*Siehe Penny, Band 3: „Freiheit für Flipper II“

Kleines Pferde-ABC

Abfohlen:
der Geburtsvorgang bei Pferden

Absatteln:
den Sattelgurt ganz öffnen und von rechts über den Sattel legen. Dann den Sattel herunterheben

Abzäumen:
das Zaumzeug abnehmen

Abzeichen:
angeborene, vorwiegend weiße Stellen an Kopf und Beinen eines nicht weißen Pferdes

Aufzäumen:
das Zaumzeug anlegen

Beschäler:
zur Zucht zugelassener Hengst

Brauner:
Pferd mit braunem Deckhaar und schwarzem Langhaar (Mähne und Schweif)

Dressur:
dressurartige Ausbildung beim Reit- und Fahrpferd. Höchste Vollendung: Hohe Schule

Durchgehen:
unkontrolliertes Davonstürmen des Pferdes

Fohlen:
Pferdekind

Führstrick:
Leine, die zum Führen des Pferdes mit Stallhalfter dient
Galopp:
schnellste Gangart
Gestüt:
befasst sich mit der Zucht von Pferden
Hengst:
männliches Pferd
Hilfen:
Signale vom Reiter an das Pferd
Hinterhand:
Kruppe, Schweif und Hintergliedmaßen des Pferdes
Hohe Schule:
Dressurreiten in höchster Vollendung
Jockey:
Berufsrennreiter
Kandare:
Zäumung mit Gebiss
Kanter:
ruhiger, gleichmäßiger Galopp
Koppel:
umzäunte Weide
Kruppe:
der hintere Bereich des Pferderückens
Lahmheit:
jede Bewegungsstörung bei Pferden
Langhaar:
Schweif und Mähne des Pferdes
Longe:
7–10 m lange Leine

Longieren:
Bewegen des Pferdes an der Longe

Mähne:
Halsmähne und Stirnschopf des Pferdes

Martingal:
ein Hilfszügel, das beim Springen im Gelände eingesetzt wird

Maulesel:
Pferde, die einen Pferdehengst zum Vater und eine Eselstute zur Mutter haben

Offenstall:
Stallgebäude mit einem Auslauf oder einer Weide

Paddock:
fast grasloser Auslauf vor Pferdeboxen oder in der Nähe des Stalles

Pass:
Gangart im Zweitakt, die sich aus dem Schritt entwickelt

Pferdepflege:
Fütterung, Tränken, Putzen, Pflegen, Waschen, Sauberhalten des Stalles und der Weide sowie Pflege des Sattel- und Zaumzeugs

Pony:
kleinwüchsige, urtümliche Pferde nördlicher Breiten

Putzwerkzeug:
Schwamm, Lappen, Gummistriegel, Kardätsche, Hufbürste, Hufkratzer, Mähnenbürste und Huffett

Kappen:
Pferd mit schwarzem Deckhaar und schwarzem Langhaar

Reitbahn:
Reitplatz in der Halle oder im Freien (meist: 20 x 40 m)

Satteldecke:
wird zum Schutz des Pferdefells unter den Sattel gelegt

Sattelgurt:
Gurt, der den Sattel am Pferd hält

Steeplechase:
schweres Jagd- oder Hindernisrennen

Strich:
Die Richtung des Deckhaares eines Pferdes

Stute:
weibliches Pferd

Tölt:
Viertaktbewegung, die sich aus dem Schritt entwickelt

Trab:
Grundgangart im Zweitakt

Trekking:
Wanderreiten

Trense:
bekannteste Zäumung, bestehend aus Gebiss, Kopfstück und Zügel

Turnier:
pferdesportlicher Wettkampf

Vorhand:
Kopf, Hals, Brust und Vordergliedmaßen des Pferdes

Wallach:
männliches, kastriertes Pferd

Wälzen:
ein Grundbedürfnis des Pferdes, vor allem an trockenen Sandstellen, in Schlammpfützen und in pulvrigem Schnee

Weide:
größere eingezäunte Grasfläche (Mindestmaß 5000 qm), auf der sich die Pferde frei bewegen und natürliches Futter finden können

Widerrist:
der erhöhte Übergang vom Hals zum Pferderücken

Wiehern:
Lautäußerung des Pferdes unterschiedlicher Art, vom ängstlichen Wiehern des Fohlens bis zum lauten Schreien kämpfender Hengste

Zackeln:
wiederholtes Wechseln aus einem unruhigen Schritt kurz in einen unruhigen Trab. Ist meist ein Zeichen von Ermüdung oder Unsicherheit

Zähne:
das vollständige Gebiss eines Pferdes besteht aus 36 Zähnen, bei den männlichen Pferden kommen noch die vier Hengstzähne hinzu. Die natürliche Lebensdauer eines Pferdes hängt vom Zustand seines Gebisses ab. Ohne Zähne wird es schwach und verhungert

Zügel:
Hauptbestandteil der Zäumung, bestehen meist aus Leder oder kräftigem Gurtstoff

PENNY
im Einsatz für Tiere

Band 1:	Was ist schon ein Hundeleben?
Band 2:	Sturmwind darf nicht sterben
Band 3:	Freiheit für Flipper II
Band 4:	Lasst den Bären leben!
Band 5:	Vorsicht Fallensteller
Band 6:	Rettet den Ponyhof!
Band 7:	Schluss mit Tierversuchen!
Band 8:	Ronny, das Robbenbaby
Band 9:	Ein Schwein zum Knutschen
Band 10:	Gefährlicher Frühling
Band 11:	Ein Pferd im Badezimmer
Band 12:	Drei Welpen und ein Baby
Band 13:	So ein Affenzirkus!
Band 14:	Falsche Freunde!
Band 15:	Eine Party für den Wal
Band 16:	Eine Katze namens Mozart
Band 17:	Das verschwundene Tagebuch
Band 18:	Eine coole Kuh
Band 19:	Mein Freund, der Wolf
Band 20:	Gorilla mit Geheimnis
Band 21:	Fohlen-Frühling
Band 22:	Brüder und andere Katastrophen
Band 23:	Vier ausgeflippte Pinguine
Band 24:	Löwenstarke Freundinnen
Band 25:	Hilfe, meine Familie spinnt!
Band 26:	Nachhilfe für Elefanten
Band 27:	Verknallte Koalas

Penny-Sonderband:

Ein Pferd fürs Leben

Lust auf mehr?

Dann schau gleich nach, ob du schon alle Abenteuer von Vanessa, Bix und Krissi kennst!

Habe ich	Fehlen mir			ISBN 3-473-
O	O	Band 1	Die Mitternachtsparty	47401-0
O	O	Band 2	Der unheimliche Verehrer	47404-5
O	O	Band 3	Der Schönheits-Zauber	47403-7
O	O	Band 4	Ein Monster namens kleine Schwester	47402-9
O	O	Band 5	Die geheimnisvolle Neue	47405-3
O	O	Band 6	Brav sein? Nein danke!	47406-1
O	O	Band 7	Der Speck muss weg!	47407-X
O	O	Band 8	Immer diese Eltern!	47408-8
O	O	Band 9	Schießt die Jungen auf den Mond!	47409-6
O	O	Band 10	Schlechte Noten gehören verboten!	47410-X
O	O	Band 11	Schokoeis und Ketschup	47411-8
O	O	Sonderband	Das streng geheime Tagebuch	47400-2

DIE KNICKERBOCKER-BANDEN-CHECKLISTE

KREUZE EINFACH DIE KNICKERBOCKER-BÄNDE AN, DIE SCHON IN DEINEM REGAL STEHEN.

- ❑ 1 Rätsel um das Schneemonster
- ❑ 2 Ein Ufo namens Amadeus
- ❑ 3 Lindwurmspuk vor Mitternacht
- ❑ 4 Wenn die Turmuhr 13 schlägt
- ❑ 5 Bodenseepiraten auf der Spur
- ❑ 6 Das Phantom der Schule
- ❑ 7 Die Tonne mit dem Totenkopf
- ❑ 8 Wo ist der Millionenstorch?
- ❑ 9 Treffpunkt Schauermühle
- ❑ 10 Der Fluch des Schwarzen Ritters
- ❑ 11 Die Nacht der Weißwurst-Vampire
- ❑ 12 Schokolade des Schreckens
- ❑ 13 Der Ruf des Gruselkuckucks
- ❑ 14 Jagd auf den Hafenhai
- ❑ 15 Das Zombie-Schwert des Sultans
- ❑ 16 SOS vom Geisterschiff
- ❑ 17 Die Rache der Roten Mumie
- ❑ 18 Kolumbus und die Killerkarpfen
- ❑ 19 Die Gruft des Barons Pizza
- ❑ 20 Insel der Ungeheuer
- ❑ 21 Frankensteins Wolkenkratzer
- ❑ 22 Der tätowierte Elefant
- ❑ 23 Die Drachen-Dschunke
- ❑ 24 Der weiße Gorilla
- ❑ 25 Der Grüne Glöckner

- ❑ 26 Im Dschungel verschollen
- ❑ 27 Im Tal der Donnerechsen
- ❑ 28 Titanic, bitte melden!
- ❑ 29 Der Eiskalte Troll
- ❑ 30 Im Reich des Geisterzaren
- ❑ 31 Der Bumerang des Bösen
- ❑ 32 Kennwort Giftkralle
- ❑ 33 Das Riff der Teufelsrochen
- ❑ 34 Das Geheimnis der gelben Kapuzen
- ❑ 35 Der Geisterreiter
- ❑ 36 Im Wald der Werwölfe
- ❑ 37 Die giftgelbe Geige
- ❑ 38 Das Haus der Höllensalamander
- ❑ 39 Das Biest im Moor
- ❑ 40 Die Maske mit glühenden Augen
- ❑ 41 Die Hand aus der Tiefe
- ❑ 42 13 blaue Katzen
- ❑ 43 Die Rote Mumie kehrt zurück
- ❑ 44 Die Höhle der Säbelzahntiger
- ❑ 45 Der Mann ohne Gesicht
- ❑ 46 Hinter der verbotenen Tür
- ❑ 47 Das Phantom der Schule spukt weiter
- ❑ 48 Der unsichtbare Spieler
- ❑ 49 Es kam aus dem Eis
- ❑ 50 Der Schrei der goldenen Schlange
- ❑ 51 Der Schatz der letzten Drachen
- ❑ 52 Das Wesen aus der Teufelsschlucht
- ❑ 53 Das Diamantengesicht
- ❑ 54 Das Gold des Grafen Drakul
- ❑ 55 Der Taucher mit den Schlangenaugen
- ❑ 56 Das Geheimnis des Herrn Halloween
- ❑ 57 Das Internat der Geister

Die Knickerbocker-Bande®

Der Lieblingssport meines großen Bruders Kolumbus ist zurzeit Duschen, wegen seiner Verabredung und so...
Ivan, unser Haushälter, ohne den wir wahrscheinlich verhungern würden.
Mein kleiner Bruder Romeo würde am liebsten nur Schnitzel, Hamburger und Pommes essen.

Mami hat alles im Griff und den Durchblick – Hoffentlich gelingt mir das auch einmal!
Vati im Einsatz, vielleicht gerade unterwegs zu einer hustenden Kuh

1. Wie alt bist du?

____

2. Bist du ein Mädchen oder ein Junge?

____

3. Welche Buchserien von Thomas Brezina kennst du noch?

____

4. Kennst du Fernsehsendungen mit Thomas Brezina?

____

5. Diese „Penny"-Geschichte war ...
(... besonders spannend ... nicht so spannend wie ich erwartet habe ...)

____

6. Würdest du gerne noch ein Abenteuer von Penny lesen?
(ja / nein, weil ...)

____

____

7. Wie findest du Penny, ihre Familie und ihre Hunde?
(... nicht frech genug, zu frech, witzig, nicht witzig ...)

____

8. Wie gefallen dir die Umschlagillustrationen der „Penny"-Bände?
❍ gut ❍ nicht so gut ❍ passen zur Geschichte

9. Findest du die Geschichten
❍ zu lang ❍ genau richtig ❍ zu kurz

____

Dein Name Straße/Hausnummer

____

Postleitzahl/Wohnort Land

Das möchte ich gerne von dir wissen, Thomas:

Unter welchem Sternzeichen bist du geboren?
Ich bin Wassermann. Mein Geburtstag ist der 30. Januar.

Wassermänner sind ja für ihre Fantasie bekannt. Welche gute Eigenschaften hast du noch?
Na ja, ich glaube, ich bin sehr mutig. Ich mag Menschen und Tiere ...

Woher kennst du dich so gut mit Tieren aus?
Ich habe Tiere schon immer geliebt und wollte sogar einmal Tierarzt werden. Darum lese ich viel über die verschiedenen Tierarten und bin stets neugierig, auf diesem Gebiet etwas dazuzulernen. Außerdem bin ich oft im Wiener Tierpark Schönbrunn. Dort wird meine Fernsehserie „Tom Turbo“ aufgenommen und ich nutze die Drehpausen, um meine Lieblingstiere zu besuchen. Die Tiere kennen mich schon genauso gut wie die Menschen, die im Zoo arbeiten.

Was machst du, wenn du über ein Tier, über das du in einem „Penny“-Band schreibst, einmal nicht so genau Bescheid weißt?
Viele meiner Freunde haben mit Tieren zu tun – die frage ich dann. Oder ich schlage irgendwo nach. Zur Sicherheit wird jeder „Penny“-Band aber auch noch einmal von einem Tierarzt gelesen. Der sagt mir dann, wenn ich irgendwo einen Fehler gemacht habe.

Hast du selbst auch Tiere?
Und was für welche! Meine Hündin Daffi, ein West Highland White Terrier, ist so dickköpfig, dass sie fast immer ihren Willen durchsetzt. Bis vor kurzem hat auch noch Putzi, meine Tibetanische Tempelhündin, gelebt. Ich glaube, über sie muss ich nicht viel erzählen. Schließlich ist sie das Vorbild für Milli, Pennys kleine Hündin. Außerdem besitze ich noch ein wundervolles Pferd, Ray Tom Robinson, das von Sandra, der Tochter einer Freundin, geritten wird. Die beiden haben schon einige Preise auf Turnieren geholt und ich bin wahnsinnig stolz auf sie.

Hast du als viel beschäftigter Autor überhaupt Zeit für deinen Hund?
Sicher, da sorgt Daffi schon selbst für! Notfalls kratzt sie so lange an meinem Hosenbein, bis ich den Computer ausschalte und mit ihr spazieren gehe. Wer Hunde wirklich gerne hat, muss sich Zeit für sie nehmen und sie auch vernünftig erziehen.

Hast du denn auch etwas von deinen Hunden gelernt?
Sehr viel sogar – zum Beispiel: Genieße das Leben! Sonnen kann man sich auf dem kleinsten Fleckchen. Ein Beller zur rechten Zeit erpart Ärger …
Da würde mir noch viel einfallen!

Deine Bücher sind in fast dreißig Sprachen übersetzt worden. Wie viele hast du schon geschrieben?
Weit über 100. Vor allem Krimis und Abenteuergeschichten. Vielleicht kennst du die spannenden Geschichten der „Knickerbocker-Bande“, die Abenteuer der „Schatzsucher-Drillinge“ oder meine magischen Mädchenbücher „Pssst! Unser Geheimnis“.

Welches deiner Bücher magst du am liebsten?
Immer das Buch, das ich zuletzt geschrieben habe.

Hier ist deine Meinung gefragt!

Unter allen Einsendungen verlost Ravensburger vier Exemplare des neuesten „Penny“-Abenteuers „Verliebte Koalas“. Druckfrisch und handsigniert von Thomas Brezina! Einsendeschluss ist der 30. April 2003.

Deine Antworten kannst du an folgende Adresse schicken:

Ravensburger Buchverlag
Otto Maier GmbH
Kennwort: Penny – Im Einsatz für Tiere
Postfach 2077
88188 Ravensburg
Deutschland

Bitte vergiss deine Anschrift nicht!

Teilnehmen kann jeder Testleser. Ausgenommen sind Mitarbeiter der Ravensburger Unternehmensgruppe und ihre Angehörige. Der Rechtsweg ist ausgeschlossen.